刃　夜逃げ若殿 捕物噺13

聖龍人

時代小説

二見時代小説文庫

目次

華《け》厳《ごん》の刃——夜逃げ若殿 捕物噺13

第一章　隠密指令

一

大川橋《おおかわばし》（吾妻橋《あずまばし》）から浅草寺《せんそうじ》を望んだ。

五重塔が、屋根から飛び出して見える。そこに、夕焼けが反射して、塔はいつもとは異なる顔を見せていた。その光り具合が、どこか不気味なのであった。

塔の上には、白い雲が流れている。

その雲が九輪《くりん》に隠れるように流れていく姿を見て千太郎《せんたろう》は、不吉だ、と呟《つぶや》いた。

そのとき、

「旦那……」

後ろから声がかけられた。

浅草《あさくさ》に来たのは、浅草寺裏にある山科屋《やましなや》という道具屋から、ある刀の目利きを頼まれたからだった。

平安の頃に使われた太刀ではないか、という話であったが、名のある刀工によるものではなかったために、片岡屋《かたおかや》に持って帰るまでもなかった。

無駄足になったが、こうしてぼんやり五重塔を眺めるのも一興である。

そろそろ江戸は雛《ひな》祭りも近い如月《きさらぎ》下旬。

若草色の着流しに黒羽織。朱鞘《しゅざや》の大小を腰にたばさんでいる千太郎の姿は、颯爽《さっそう》としている。背中が伸び、腰もぴたりと決まっている。

一見して、ただの浪人には見えない。

それも当然だった。上野山下《うえのやました》にある書画骨董などを商っている片岡屋の離れに居《い》候《そうろう》をしている身分だが、その実、下総《しもうさ》三万五千石、稲月藩《いなづきはん》のれっきとした若さまなのである。

その若さまが御三卿《ごさんきょう》田安家《たやすけ》ゆかりの由布姫《ゆうひめ》との縁談が湧き上がったところ、

「まだ祝言《しゅうげん》などしたくないぞ」

とばかりに、江戸屋敷を逃げ出してしまったのである。

もちろん、そんな勝手が許されるものではない。だが、江戸家老の佐原源兵衛《さはらげんべえ》がなんとか、ごまかしながら屋敷を仕切っている。本来は、源兵衛の息子である市之丞《いちのじょう》がお目付けとして差し向けられていたのだが、いまは国許《くにもと》の重職について江戸から離れてしまった。

それをいいことに、片岡屋における生活を続けているのだ。

同じ頃、縁談相手の由布姫も、もう少し気ままな生活をしていたいとばかりに、ときどき飯田町《いいだまち》にある屋敷から抜け出しては、芝居見物や不忍池《しのばずのいけ》散策、道灌山《どうかんやま》の虫聴きなど、物見遊山を続けて、江戸市井《しせい》の暮らしを楽しんでいたのである。

江戸では摩訶不思議《まかふしぎ》なことがよく起きる。

片岡屋治右衛門《はるえもん》を鮮やかな手並みで助けたところから、片岡屋に居候することになった千太郎には取り巻きができていた。そのひとりが、山之宿《やまのしゅく》に住まいを持つご用聞きの弥市《やいち》親分。

この親分が持ち込む妖しげな殺しやら、盗人、失せ物などの謎を鮮やかに解く。

その才に惚れた弥市は、ことが起きるごとに片岡屋の離れを訪ねては、千太郎に話を持ち込み、

「千太郎の旦那、今回の綾《あや》はなんですかねぇ？」

などと腰を上げさせては、手柄にする。

「山之宿の親分さんは、探索上手ですねぇ」

と、いまでは、あちこちでいい顔になっていた。

由布姫も持ち前のじゃじゃ馬ぶりを発揮して、やはり揉め事が起きると顔を突っ込んでいた。

ある日、あるとき、ある事件でふたりはばったり出会ってしまったのである。

初めは、互いの身分は知らずにいたのだが、そこは若さまと姫である。お互い普通の身分ではないと気がつき始め、

「由布姫か？」

「千太郎さま……」

手を取り合ったのであった。

それからというもの、ふたりは人目も憚《はばか》らずに、仲の良さを見せつけているのだった。

「千太郎さま……」

声をかけてきた男の顔をじっと見つめる。

あまりいい目つきではないが、だからといって盗人やら巾着切《きんちゃくき》りには見えない。

どこかへりくだった雰囲気は、千太郎の身分などを知っている態度だった。

法被《はっぴ》を着ているから、一見職人に見える。

だが、大工道具を持っているわけでもなく、ほかの仕事に関わりのあるような荷物も持っていなかった。

一瞬、警戒の目をした千太郎だったが、

「隠しか……」

小さな声で訊いた。

「はい」

隠しとは、稲月藩で陰の仕事をする者たちを指す符牒《ふちょう》であった。幕府でいえば、御《お》庭番《にわばん》のような役目を果たしている。

「甲野平四郎《こうのへいしろう》と申します」

かすかに頭を下げた。

大川橋の上だ。ふたりが会話を交わしている間も、人が通り過ぎて行く。侍、棒手《ぼて》振《ふ》り、町娘……。その者たちに会話を聞かれては困る。つい、声は低くならざるをえない。

平四郎の声は低いが、しっかりと千太郎の耳に届いている。訓練のたまものなのかもしれない。

「父上になにかあったのか？」

千太郎の父親は、稲月和泉守《いずみのかみ》克典《かつのり》。五十歳の声を聞く頃だが、矍鑠《かくしゃく》としていて、隠居などとはまだまだ縁がないはずであった。それが急な病にでも罹《かか》ったのか、と千太郎が眉をひそめると、

「お元気でございます」

平四郎が答えた。その目は、ご安心を、と告げている。

「……なんの用か」

隠しの者が千太郎に近づいてきたのは、初めてのことだ。

いままでも、和泉守に命じられて陰では警護に回っていたのかもしれないが、邪魔になるようなことはなかった。千太郎の前に顔を出すこともなかった。異変でも起きたのかと思うのは当然のことである。

「和泉守さまからの伝言があります」

「伝言？」

江戸の町で暮らすのはやめろとでもいわれるのかと思っていたが、

「日光《にっこう》へ行ってほしいとのことです」

「日光へ？」

日光東照宮《とうしょうぐう》はいわずとしれた、権現《ごんげん》さまを祀《まつ》った場所だ。そんな場所へ、どうして行けというのか？

「じつは……」

平四郎が和泉守の言葉を語りだす。

それによると、今年、いつになるかわからぬが、将軍様のお声がかりで、松姫《まつひめ》さまが日光参りをするというのである。だが将軍家が動くとなると大変な事業になってしまう。

松姫さま祝言の相手は、出羽山形《でわやまがた》六万石、秋元但馬守《あきもとたじまのかみ》久朝《ひさとも》の支藩、河内《かわち》一万二千石の若君、河内秀松《ひでまつ》君という。もちろん城持ち大名ではなく、陣屋《じんや》大名である。

山形藩は、領主の入れ替わりが激しく、飛び地なども多くあったせいで、石高も一定していなかった。それでも名産である口紅の原料になる紅花《べにはな》は、上方《かみがた》を中心にして最上川《もがみがわ》の舟運で運ばれ、山形商人の活躍は眼を瞠《みは》るものがあり、また出羽三山への参拝客も多い藩として知られていた。

「それがどうしたのだ？」

千太郎は、自分とは縁もゆかりもない話だという目つきをする。

「その姫様が祝言前に日光へお参りに寄っていくというのです」

「それはご奇特なことだな」

「そのためには、日光の情勢を探る必要が出てきたのです」

「なにか不穏な動きでも？」

「いえ、そうではありません。なにしろ将軍の姫さまです。なにか問題が起きてからでは遅過ぎます。その、下調べを和泉守さまが任命されたのでございます」

「あぁ、なるほど」

「つまりは……」

「わかった、わかった、父上が私に下調べを命じたのだな？」

「ご明察……」

「犬でもわかるであろうよ」

千太郎は、口を開いて笑いながら、

「まだ、父上は私のことを忘れてはいなかったらしい」

「しかし……」

平四郎の顔がかすかに歪んだ。

「なんだ、屋敷を抜け出していることがばれているのか」

「そのようです」

それだからこそ、自分に命《めい》を下したのだろう、と千太郎は読んだ。千太郎の規則に縛られぬ行動は、子どもの頃から父は怒りもせずに、目こぼししてくれていた。

その気持ちに応《こた》えるときかもしれない。

「平四郎……」

千太郎は、おもむろに告げた。

「父上に承知いたしました、と伝えてくれ」

「は……」

答えたと同時に、甲野平四郎は音もなく千太郎の前から姿を消していた。

その後には、大川の流れの音がかすかに聞こえているだけだった。

「川の流れのごとく……だな」

ひとりごちながら、千太郎はじっと川面を見つめていた。

また、ぽんと肩を叩いた者がいた。

二

振り返ると、弥市親分だった。

いつもと同じように、口を尖《とが》らせながら突っ立っている。

「どうしたんだ親分」

「千太郎の旦那、大丈夫ですかい？」

「なにがだ」

「さっき、おかしな野郎に引っかかっていたように見えました」

「あぁ」

先ほどまで話していた甲野平四郎だろう。弥市はふたりを見ていたらしい。

「なに、心配はいらぬ。あれは以前からの顔見知りだ」

「へぇ……そうは見えませんでしたけどねぇ」

「では、どう見えたな？」

「なにやら、ややこしい顔をしてましたからねぇ。おそらく元の仲間の仲間かなんかで、また悪事に引き込もうとしていたような……まぁ、そんなふうに見えました」

「仲間の仲間？　悪事？」

「あっしはね、じつは千太郎の旦那は以前、なにか悪さをしていたんじゃねぇかと睨《にら》んでいたことがあるんですぜ」

下から覗き込むような仕種《しぐさ》をする。

その目は、半分笑っているが、本気で訊いているのだという意味も含まれていた。

「なにしろ、目利きとはいってもまともに仕事をしているとは思えねぇ。片岡屋さんから金子《きんす》を貰っている様子もねぇのに、困っているようにも見えねぇ。それに、あんなに刀剣から書画骨董まで詳しいのは、普通じゃねぇですよ。さらに探索の才まであるときちゃぁ、以前、悪いことでもしていたんじゃねぇかと思われるのも不思議じゃねぇ」

「わははは。それはまた面白い」

「冗談じゃありませんや」

弥市は、さらに口を尖らせて、

「ご用聞きの仲間内じゃ、片岡屋の目利きの正体を暴《あば》こうとしている奴らもいるって話ですからねぇ」

「ほう、それもまた面白き話であるな」

「ですからね、あまりいい面相の男じゃねぇ連中と仲良くしていると、足元を掬《すく》われてしまうってことでさぁ」

「それまた、楽しいではないか」

「あぁ、どうしてそんなに安穏とした顔をしていることができるんですかねぇ」

呆れた、といいながら弥市は懐に隠している十手《じって》の柄を握る。

まだ、肌寒さは抜けない時期である。川風はことに冷たい。橋の下から巻きながら吹き上がってくる風が、弥市の袂《たもと》を揺らした。

「あぁ、早く春が来ませんかねぇ」

「やがて来る」

「……まぁ、そうでしょうが、そうではなくて」

「ところで親分は、日光に行ったことはあるかな?」

「はい? 日光ですかい?」

東照宮か、と呟いてから、

「うまい食い物がありますかねぇ」

「さぁなぁ」

にべもない答えに、弥市はしらっとした顔つきで、

「近所に喧嘩《けんか》の滝とか、なんとかがあるということは知ってますがねぇ」

「喧嘩ではない、華厳《けごん》だ」

「さいですかい。滝とどうやって喧嘩するのかと思っていました」

「本気か？」

「嘘です」

　苦笑しながら千太郎は、大川橋を浅草寺のほうに向かって降りて行く。まだ二月の下旬だというのに、花見でもしようかというような提重《さげじゆう》を持って歩いている者がいた。弥市が花見にはまだ早ぇと呟くが、自分も一緒に行きたそうな顔をしながら、

「日光は寒いですかねぇ？」

「北だからな」

「北は寒いですかい？」

「普通は寒いのではないか」

「じゃ、あっしは嫌いですね」

「寒いのは、嫌いか」

「まったくもって嫌いですねぇ。なにしろ桜の咲くのが遅い」

「ほう、親分は桜が好きなのだな」

「江戸っ子は桜が好きなんでさぁ。ぱっと咲いて、ぱっと散る。これがなんともいえねぇ風情《ふぜい》がありますからねぇ」

「なるほど」

その言葉に頷きながら、千太郎はふと首を傾げた。

「江戸で花見をしてから、北へ向かえばずぅっと花見ができるではないか」

「……あぁ、なるほど、それはまぁ、そうですが、それとこれとはまったく話が違いまさぁ」

「そうか、ならばやめよう」

「なにをです？」

「日光には、親分も一緒に行ってもらおうと思ったのだがな」

「はい？」

まさか日光に行くのか、という目つきである。そんな話は聞いていないといいたそうに十手を握りしめて、ぐいとしごいた。

「なんの話です？」

「花見にはまだ早いが、ちと東照宮にでもお参りに行こうかと思うてな」

「それはまたなぜです？　あ、ははぁ」

なにかに気がついたように、数度顔を振りながら、

「さっきの野郎から、なにか吹き込まれたんじゃねぇでしょうねぇ」

「吹き込まれたとは？」

「日光、東照宮に行くと仲間が待っていて、なにやら危ない橋を渡ろうと……」

「まさか」

弥市は、十手の先で肩をとんとん叩き出した。なにか思案しているふうである。

「まさかひとりで行くわけじゃありませんね？」

「だから、親分も一緒にと……」

「いえ、雪《ゆき》さんですよ」

雪とは、由布姫のことだ。まさか田安家ゆかりの姫の名を江戸の町で使うわけにはいかない。そこで、普段は雪と名乗っている。

「もちろん、雪さんも一緒だ」

「ははぁ……」

また、弥市は訳ありふうの目つきで千太郎を睨む。

「雪さんを悪事に引きずり込んだりしねぇでしょうねぇ」

「親分は、よほど私を悪漢に仕立てたいらしいな」

「そうじゃありません」

違いますよ、といいながらも。それでも疑いの目をはずそうとはしない。

「今日は、なかなかしぶといではないか」

「疑惑があればいつまでも……、これがあっしの信条ですからねぇ」

「なるほど」

ふむ、と頷きながら千太郎は、由布姫はどうしているかと呟いた。今日はまだ会っていないのだ。

普段なら、いつの間にか片岡屋の離れに来て、千太郎のそばにいるのだが、今日は由布姫が来る前に浅草に出かけたからである。

「もう片岡屋に来ているんじゃありませんかい？」

弥市の答えに、ふむと応じて、

「親分……どうだ、本気で日光に行って見る気はあるかな？」

「……目的はなんです？」

「もちろん、物見遊山だ」

「千太郎さん、いやさ、千太郎の旦那……そんないい加減な返答であっしが得心すると思っているとしたら、大きな間違いですぜ」

「ほう」

確かに今日の弥市は、なかなか引こうとしない。さっきから十手の柄を握ったり、小さく振り回してみたりしている。

「親分、いらいらしているのかな？」

「旦那がはっきり教えてくれねぇからでさぁ」

「そうか……」

そうはいわれても、本当の話をするわけにはいかない。千太郎は、思案しているようだったが、意を決したように弥市の顔をじっと見つめた。

「親分……」

「なんです」

いきなり凝視《ぎょうし》されて弥市は、一旦後ろに下がってしまった。

「これからいうことは他言無用だ」

「もちろんです」

「では、本当のことをいおう」

そういって千太郎は弥市を浅草広小路《ひろこうじ》から路地へと引っ張った。途中、数人と体がぶつかったが、千太郎は気にせずに路地から路地へと進んだ。

数町進んでようやく千太郎は足を止めた。

長屋が並んでいる場所だった。木戸の横には番屋がある。外からなかが見えていて、頭の禿げ上がった男が、なにやら書き物をしている姿が見えている。

弥市は、そのなかに入るのかと思っていたが、そうではなかった。さらにその場から離れて、大きな天水桶《てんすいおけ》の前で周囲を見回すと、

「親分、ここで」

千太郎は弥市の袖を天水桶の後ろに引いた。かすかに水の腐ったような臭気がしている。

こんなところで、なにを喋るのかと弥市は肩に力を入れる。

「じつはな……さっき話しをしていた者は密偵なのだ」

「はい？」

思ってもいなかったのだろう、きょとんとした顔で弥市は千太郎を見つめる。

「密偵って、あの、ご公儀のですかい？」

「……それは、はっきりいえぬ。だがな、密偵であることは確かだ。もちろん公儀に仇《あだ》なすものでもない」

「はぁ」

千太郎の声は小さい。

天水桶の陰でする会話ではないような気がするが、弥市はそんなところまで気が回っていない。それほど驚きの目なのだった。

「ということは、千太郎さんも？」

「そうだ、名前はいえぬが、あるところの密偵なのだ」

「……はぁ」

「それは、いままで一緒にいて感じることはできたのではないかと思うがどうだ？」

そういわれると、と呟いてから弥市は、はぁと大きくため息をつく。

「ですから、探索の才があるんですかねぇ？」

「そうだと思ってもらうとありがたい」

「密偵ということは、なにか調べているってことだと思うんですが？」

それはなにか、と目が問う。

「申し訳ないが、そこまでは教えるわけにいかぬのだ。といっても、まぁ、密偵のなかではそれほど大事な仕事を任されているわけではないのでな。だから、普段からへらへらしてることができるという寸法だ」

どこまで信じていいのかわからねぇ、という目つきで弥市は、だまって聞いている。

「そこでだ、さきほど、大事な仕事を頼まれることになった」

「それが、日光行き？」

「そういうことだ……」

三

片岡屋の離れで由布姫が千太郎の話をじっと聞いている。

普段は庭を見ながらぼんやりしている千太郎なのだが、今日はいつもとは異なり、

「姫、話がある」

といったときの顔つきは、まさに稲月家の若殿であった。

主人の治右衛門には、重要な話があるから離れには誰も来ないようにと頼んでいた。その言葉の裏にある真剣な雰囲気に、

「どうしたんです。そんなまともな目つきをして」

治右衛門は、怪訝《けげん》な目で千太郎を見つめた。

もちろん、千太郎の本当の身分は知らない。だが、周りで噂するような、どこぞ、
ご大身《たいしん》の若さまだろう、とは思いながらも、それだけではないような気がしている治

右衛門である。

　といっても、そんな素振りは毛ほども見せはしない。

「うちの目利きですから、そのつもりで仕事してくださいよ」

　というのが、治右衛門の態度なのである。

　離れはひっそりしている。

　弥市とは、浅草で別れていた。

「なにか重要な裏がありそうですね」

　由布姫も、膝を揃え直した。

「じつは、日光に行かねばならなくなった」

「それは、楽しみです」

「うん？　驚かないのですか」

「千太郎さまがいうことにいちいち驚いていては、身が保《も》ちません」

「おやおや」

「でも、理由くらいは訊いてもばちは当たりませんね」

「もちろんです」

　千太郎は、大川橋で会った甲野平四郎との間で交わした会話を告げ、さらに弥市にも教えたことを伝えた。

もちろん、弥市に本当の身分は教えてない。それでも、秘密を語ってくれたことに、親分は感動していたのだった。

「それは、それは」

弥市が喜んでいた、と聞いて由布姫はいう。

「これで、私たちを必要以上に詮索しなくなりますね」

「いや、それはどうかな？　以前は、悪党だと思っていたというのだから」

ふたりは、腹を抱えている。それも無理はないかもしれない、と由布姫は頷きながら、

「それはそうと、弥市親分とふたりだけで行くわけではありませんね」

「もちろん、姫を置いていくわけがない」

「ふふふ」

由布姫は、その答えに頬に笑みを浮かべる。

と、千太郎が手を伸ばした。

「はい？」

「こちらへ」

さらに手を伸ばして、由布姫を呼んだ。由布姫は、膝をにじり寄せると、いきなり千太郎に引き寄せられた。

「いけません」

手を千太郎の胸に当てて、体を引き離す。

「まだ、祝言前です」

「いや、まぁ、それはそうだが」

どこかすっきりしない顔つきの千太郎に、由布姫はにやにやしながら、

「どうしました?」

「……いや、なんでもない」

すぐに気持ちを切り替えたのだろう、さっきの不満そうな顔は消えていた。

と、今度は、由布姫がどことなく面白くなさそうだ。もっと、我儘をいってほしそうな目つきで
「あら、もう諦めたのですか?」

「……女はわからんなぁ」

ため息をついた。

「簡単にわかられても困りますからね」

由布姫は瞳をちょいと上目遣いに動かした。

「それはともかく、出立の準備をしなければいけませんね」

「確かに」

「弥市親分は、どうなのでしょう」

「なに、あの親分なら心配はいらぬでしょう」

「あの……」

「はん？」

「何度もいいますが、その他人行儀な言葉遣いはおやめになってください」

「ははぁ……ということはすでに祝言をしたと同等ということでよろしいかな？」

膝立ちになって、由布姫の前まで寄って来た。今度は由布姫も逃げない。ふたりの手が絡み合った。

翌日、手甲脚絆《てっこうきゃはん》姿に身を包んだ弥市が片岡屋の離れにやって来た。

いつものように十手を懐に隠している。振り分け荷物をどんと置いて、千太郎に早く出立しよう、と促した。本来なら朝七つ立ちというのが普通なのだが、そこは千太郎である。

「そんな常識にとらわれてはいかぬなぁ」

まったく意に介さず、三人が集まってから旅立ちだ、ということにしてあったのである。

もっとも、千太郎は父、和泉守の命《めい》で動くのだから問題はないが、由布姫が旅に出るとなったら、いろいろ面倒なことが起きる。

俗に、出女《でおんな》に入鉄砲《いりでっぽう》という。

女性が江戸から外に出るのは大変だ。人質となっている大名の奥方たちが逃げるのを禁じたためともいわれているのだ。

東海道《とうかいどう》には箱根《はこね》。甲州《こうしゅう》街道には小仏《こぼとけ》。中山道《なかせんどう》の碓氷《うすい》。そして日光街道、奥州《おうしゅう》街道には、栗橋《くりはし》の関所が設けられている。

その関所を抜けなければいけない。

それには、道中手形が必要だ。

旅といっても藩の仕事、商用など目的は多々ある。女の場合は婚姻の移動、あるいは奉公に行くなどが主だったが、関所や番所では厳重だったのである。

本人は男装して行けばいいと千太郎に訴えたのだが、

「夫婦として歩いたほうが面倒がない」

と千太郎はいうのであった。

弥市は、そのお供という形だ。

結局、浪人千太郎、雪の夫婦が日光東照宮参詣への旅ということにしてしまった。

手形は、由布姫が千太郎の言葉にそって、屋敷に戻りすぐさま家臣にいいつけて作らせた。

たった一晩ですべてを用意させることができたのだから、さすがは田安家ゆかりの姫である。

千太郎だけでは、そこまで速《すみ》やかにできはしなかっただろう。

あっという間に、旅の準備ができるとは、弥市も想像はしていなかったのだが、

「ははぁ、さすが公儀の密偵……」

かすかな声で、そう呟いた。

由布姫が否定しようとしたが、千太郎はそのままにしておこう、と告げた。

勝手にそう思わせておいたほうが、今後も動きやすいからである。

日光に行ってから、どんな騒動に巻き込まれるか、判断はできない。いちいち、ことが起きたときに、疑問を持たれたのでは、面倒でしようがない。

「勘違いさせておこう」

千太郎の言葉に、由布姫もそうですね、と頷いたのである。

四

江戸日本橋《にほんばし》を出立して、千住宿《せんじゅ》を通りその日は、草加《そうか》に宿を取った。翌日、早出をして、栗橋宿に着いたのは、夕方になる頃合い。

江戸から栗橋宿までは、十四里四十四町。日光街道では七番目の宿場だ。

利根川《とねがわ》には、房川《ぼうせん》の渡しがあり、その渡し場に栗橋の関所が設置されていた。

関所は、利根川の土手際に建てられ、本陣、脇本陣もある日光街道では一番大きな宿場でもあった。

三人は房川の渡しから離れ、街道から外《はず》れた場所に宿を取った。

普通の足なら、江戸から五日ないし七日もあれば日光に着く。

急ぐ旅ではない、と千太郎は日光街道一番の栗橋宿とはどんな所か知っておこう、と足を止めたのである。

もちろん、松姫さまもここは通る。その予備知識を入れておきたいと考えたからである。本陣に宿泊するだろうとの予測からだった。

もちろん、街道を通るとしてもどこの宿場に泊るかは、内密である。危険がないかどうか調べるにしても、隠密行動を取るのが普通なのだが、千太郎が静かな行動を取るわけがなかった。

「どうだ、栗橋宿は？」

関所を前にして、千太郎が弥市に訊いた。

弥市は、江戸のご用聞きだとばれないように、十手は荷物のなかに隠していた。いざというときに使えばよい、という千太郎の言葉に従ったのだ。

栗橋宿には四百あまりも人家がある。街道筋にも旅籠が並び、なかなかの賑わいだ。

「さすが、日光街道一の宿場ですねぇ」

馬子《まご》が通りすぎる。数人の侍たちが江戸に向かって行く。日光東照宮への参詣なのか、修験者《じゃ》をあらわす白衣《びゃくえ》を着た集団も見える。

「どうだ、賭場《とば》にでも行くか」

「はい？」

千太郎の言葉に、由布姫が呆れ顔をする。

「こんなところで、賭場に行こうなど」

「いやいや雪さん。こんなところだから、行こうとしているのですよ」

「なぜです？」

「賭場には、いろんな連中が集まる。つまり、この宿場にどんな身分の男や女が集まっているのか、それを知るためです。親分の意見だがな」

にやりと弥市に目を送ると、へへへ、と笑っているのか怒っているのかわからぬように口を尖らせて、

「そのとおりですよ、雪さん」

「悪人が集まるということですか？」

「ひとことでいえばそんなところです」

「では、行ってみましょう」

「おっと、雪さんがそんな場所に行っちゃいけねぇ」

弥市は、手を拡げて遮った。

「そんな……」

自分だけ置いてけ堀か、と由布姫は頬をふくらませた。

「まさか、鉄火《てっか》な格好をさせるわけにもいきませんからねぇ」

「鉄火な格好とは？」

「片肌脱ぎになったり、いざというときには立膝をして股の奥を見せるような姿をす

ることですよ」

弥市の薄笑いに、千太郎は手を叩いて喜んでいる。

「それは、いい。雪さんが裾を払って股の奥を見せる図をちと想像してみたぞ」

「なにをいうんです！」

さすがに、由布姫もそんな姿を他人に見せるのは憚《はばか》られるのだろう、

「嫌です、そんなことまでして賭場に行く気はありません」

由布姫は、すたすたと旅籠に戻って行った。

土手の上から降りて来た職人ふうの男が、由布姫の怒った顔を見ながらすれ違って行く。由布姫は、振り返りもしない。

「旦那……」

弥市が、ちょっと眉をひそめると、

「怒って行ってしまいました」

「放っておいても大丈夫であろうよ」

普段と変わらぬ顔で千太郎は答えた。

「まぁ、雪さんのことですからね」

ふたりは目を合わせてにやりとする。

「じゃ、賭場を探してみますかい？」

「わかるか？」

「あっしの仕事をなんだと思ってます？」

「……なるほど」

蛇《じゃ》の道は蛇《へび》、といいたいらしい。確かに岡っ引きならどの辺に賭場が立っているか、匂いでわかるかもしれない。

「では、まかせよう」

千太郎は、周囲を見回して、街道筋に立っている松の木の下にあった切株を指さした。そこに腰を下ろして待っているといいたいらしい。

「合点《がってん》！」

弥市はそういうと、ちらちらあちこち見回してから、すぐ近所を歩いている土地者らしい太った男のそばに寄って行った。法被《はっぴ》を着ているところから見ると、職人だろう。

なにやら指を差したり、顔を向けたりしている。賭場が立っていないかどうか訊いているらしい。太った職人ふうの男は、振り向きながら指をある方向に向けた。

頭を下げてから、弥市は千太郎が座っている切株まで戻って来た。

「わかりました」

「どこぞの神社のそばだな？」

「おや、聞こえていましたかい？」

「毎月、十の付く日に祭礼が開かれると聞いた。今日は、その日だ。となると、祭りに集まる連中のために、賭場が開かれると思ったまでのことよ」

「ははぁ。相変わらずご慧眼《けいがん》で」

「なに、それほどでもない」

にやりとする千太郎に、弥市は、へへへと答える。

「この脇本陣から、一丁ほど離れたところに、上り坂がありまして、そのてっぺんになんとかという神社があります。その正門から少し離れたところに、小屋があって、そこに立っているのではないか、とのことでした」

よし、と頷き千太郎はすぐ行ってみよう、と歩きだした。

「旦那！　逆ですよ！」

「ふむ……そうともいうな」

坂を登りきると、房川が見える。

江戸の大川とはまた違った雰囲気を醸し出しているのは、周囲の景色が異なるからだろう。

人家は離れている。土手に上がると栗橋宿の全体が見渡せるが、この坂上からはもっと遠くまで見渡すことができた。

宿場の全体から、遠くの山並みまではっきり見えている。

「ここから江戸にまで繋がっているとは信じられませんや」

「道路はどこからでも、江戸に繋がっているのだ」

「それをいっちゃぁ、日光街道から東海道を上れば京、大坂までも同じですぜ」

「ふむ、それは正しい」

苦笑しながら、千太郎は一本取られたというふうに、首をこきりとさせて、

「さて、行くぞ」

「ですから、そっちは反対です！」

なにごともなかったごとく、くるりと向きを変える千太郎に弥市は、ため息をつきながら、こっちですと先に歩きだした。

坂上はそれほど広くはない。

小屋は、坂道にかかったように造られていて、なかに入ると体が傾く。

「とんでもねぇところに造ってますねぇ」

正面に、棚が作られていて、そこには神棚のようなものが飾られている。この賭場を仕切っているのは、的屋《てきや》らしい。代紋《だいもん》がでかでかと描かれているのだが、囲っている戸板に墨で描いたのか、ところどころ剝げている。

「なんです、これは？」

それほど力のある博徒《ばくと》ではないのだろう。

ふたりは、筵《むしろ》の入り口をくぐって盆の前に座った。

部屋は八畳だが、畳三畳程度の盆茣蓙《ぼんござ》だった。

正面には、賽子《さいころ》を持った壺振りが半裸で座っている。

客は千太郎たちと、商人らしき男がふたり。そして、一番端に座った流れ者らしき男がいた。

縞柄の着流し。そばに合羽《かっぱ》と三度笠が置いてあった。

「あの野郎、なんだかおかしな雰囲気です」

弥市が注意を促した。

顔色は悪く目だけがぎらぎらしていて、壺振りの顔をじっと見つめていると思ったら、振られた壺に目を向けて離そうとしない。その態度が、まるで傷ついた獣のように感じられるのだ。

「宿場にあんな野郎がいるとしたら、ちと剣呑《けんのん》でさぁ」

弥市は、岡っ引きの勘だとでもいいたそうに、口を尖らせた。

四

——誰だあれは？

丈太郎《じょうたろう》は、腹が減っていた。

路銀もなかった。

この宿場に来たのは、日光に用があったからだ。

なんとか、日光にたどり着かなければいけない。

それなのに、途中でごまのはえに遭って、有り金すべてを盗まれてしまったのである。まったく、油断以外のなにものでもなかった。

「馬に乗ってくれよ」

江戸から、千住、草加、と進み幸手《さって》宿の前に着こうとしたときだった。馬の首を引いているのは、十歳を少々過ぎた程度の女の子だった。

「お前が馬を引いているのか？」

思わず父親はいないのかと周囲を見回してみたが、

「あたいの馬だよ。シロっていうんだ」

栗毛の馬なのにシロなのか、と問うと、

「足に白い毛があるんだ」

いわれて、足元を見るとなるほど白い線が入っている。

「幸手の宿場までだから、すぐだよ。帰り馬だから二十文にまけておくよ」

その乗り賃が高いのか安いのか、丈太郎にはわからないが、そのくらいなら出してもいいか、とつい答えた。女の子がひとりで馬を引いている。それに同情心もあったからだった。

「お代は宿場についてからでいいからね」

頷きながら、馬に乗ろうとした。

右から左足を背中にかけたとき、なにやら後ろから足音が聞こえたと思ったら、いきなり頭をがつんと叩かれてしまったのである。

「な、なんだ……」

すぐ二発目がきた。

背中から落ちた瞬間、仰向けになって空が見えた。そこに髭面《ひげづら》の男の顔が見えた。

あっという間に、懐を探られて路銀を盗まれてしまったのである。

それ以来、叩かれた頭が痛くて仕方がない。

なんとか、栗橋宿まで辿り着いたのだが、宿に泊る金子《きんす》もない。稼ごうと思いこの賭場を見つけて入ったのだが、賭けを張る木札を買う金がない。

仕方なく腰に差していた長脇差を形《かた》に、三両借りた。本当は、五十両もした刀だが、不服をいえるような身分ではなかった。

それを元手に、日光までの路銀を稼がねばならないのだ。

ついつい、目に力が入ってしまうのだが、

「腹が減った……」

目が眩《くら》みそうだ。

二日食べず、今日で三日目だ。なんとか我慢できないわけではないが、それにしてもこのままでは、日光に行く途中で餓死してしまう。

さきほどから、賽子の出目を見ているのだが、殴られた跡が痛いのと、目が霞《かす》んでいるのとで、丁半《ちょうはん》を判断できずにいた。

と――。

ふと、目線を感じた。

さっき入って来た侍とその供の者が自分を見ているのだ。

供のほうは胡散臭《うさんくさ》そうな瞳だが、侍はじっと見つめているだけで、その奥でなにを考えているのか見通すことができない。

——なかなかすっきりした目鼻立ちだ。

丈太郎は胸のなかで呟いた。

賭場に来るような侍ではないように見える。浪人の姿をしてはいるが、ただの食い詰め浪人とは、顔立ちが違うのだ。

といっても、見た目とは異なり性根は腐っているのではないか？

正体のわからぬ侍である。

それにしても腹が減った。

どうにか丁半を見極めたいのだが、勘が働かない。

どうする……。

目の霞みがさっきよりもひどくなってきた。

目眩《めまい》までしてきた。

ううう。

　このままでは、倒れてしまう。

　これではいかぬ、と木札を半に賭けた。

「墓場の丁！」
　五、三の丁。それぞれの裏に隠れているのが、二と四だ。死人が埋まっているから墓場の丁。
　まったく勘が働かないから、負けてばかりである。

　とうとう、借りた三両が消えてしまった。

　もう金は借りられない。もし借りるとしたら着ているものを脱いでそれを形《かた》にするしかないだろう。

　仕方なく立とうとして、体がふらついた。

　そのとき、誰かの手が伸びて体を支えてくれた。

　壺振りから負けた分の一割が戻ってきた。まともな賭場ならどこでもやっていることだ。裸で追い出されるなどということはない。だから、そういう賭場は繁盛するのだ。

　手足に力が入らないまま、丈太郎は外に連れ出された。

　外の明るさが眩《まぶ》しい。

土手の草むらのなかに体を横たえた。連れて来てくれたのは、あの例の侍たちだった。

肩を貸してくれたのは、供のほうだ。それだけでもこの男が只者《ただもの》ではなさそうなことが感じられた。

肩も胸もがっちりしていて、鍛えている体だった。

——何者だ？

一見、身分のありそうな雰囲気を持つ侍と、これだけの力強さを持っている供。

まともではない……。

心で呟いたが、逃げるだけの気力も体力も消えている。

「いかがした？」

侍が顔を覗き込んでいる。

ぷんと鬢《びん》付け油のいい香りがした。高級な香りだった。

「旦那……」

供のほうが、侍に声をかけている。その目はまだ丈太郎の正体がわからぬから、油断するな、と語っていた。

「腹が減っている……」

絞り出すように答えた。自分でも声が相手に届いているかどうかははっきりしない。

「ははは、やはりそうか」

侍は、屈託《くつたく》なく笑っている。

そばで、供の者は苦虫を嚙み潰したようにしながら、口を尖らせて、

「面倒なことには首を突っ込まねぇほうがいいんじゃありませんか？」

慎重な男らしい。

だが、言葉遣いが町人ふうだ。

丈太郎は小首を傾げた。侍に町人ふう。主従ではなさそうであった。

なんとなく釈然としないまま、

「腹が減った……」

つい呟いてしまう。

侍は、また大口を開けて笑い、町人は苦虫を嚙み潰している。おかしなふたりだ、
と丈太郎は思いながら、

「腹が減った」

また、呟いた。

と、侍が町人になにやら頼み始めた。その言葉の端々に菜飯《なめし》でも、という声が聞こ

えてきた。

「しょうがねぇなぁ。じゃぁ、ひとっ走り行ってきまさぁ」

江戸の人たちだな、思いながらじっと見つめていると、侍が声をかけた。

「名前は？」

「丈太郎」

「どこまで行くのだ」

「日光」

そこで、侍はふっと笑みを浮かべた。

その意味はわからないが、別段、嫌な感じではなかった。柔らかさを感じた。しだいにこの侍に気持ちが引き込まれていく。

不思議な侍だ。

そこに、さっきどこかに行った町人が戻って来た。風呂敷がお重《じゅう》を下げているよう見えた。男が寄って来て、

「起きられるかい？」

食べ物のいい匂いが鼻先で踊っている。

その匂いに釣られて、体が動いた。男の手を借りて、なんとか起き上がった。箸《はし》を

渡され、風呂敷を敷物代わりにして、その上に重箱が広げられた。

「ううう」

言葉にならない。

ありがたいといいたいのだが、先に箸が動いていた。

あまりにも急いだせいで、息が詰まった。

「あぁあぁ、もっとゆっくり食えよ」

男が、竹筒から水を飲ませてくれた。

「すまぬ……」

素直に頭を下げることができた。

礼をいいつつ、あっという間にすべてを平らげてしまった。

「よく食うなぁ」

男が呆れている。口を尖らせながら喋るのが、癖らしい。

侍のほうは、にこにこしているだけで、余計な言葉は挟まず、そばの松の木の下にある切株に腰を下ろしている。

五

「馳走《ちそう》になりました」

人心地ついた丈太郎は、重箱を整えながら、

「お代は必ず返します」

ていねいに草の上で正座になりおじぎした。

「なに、気にせずとも良い」

侍が答えた。その顔はたいしたことではない、と告げている。よほど裕福らしい。

「しかし」

「なに、またどこかで会ったときに、お互い顔を覚えていたらそのときでかまわぬぞ」

「……あの、お名前を」

「名か……江戸上野山下にある片岡屋という刀剣書画骨董などの店で目利きをいたしておる、姓は千、名は太郎。人呼んで目利きの千ちゃん」

「千ちゃん？」

「まぁ、そんなようなものだ」

「ははぁ……」

丈太郎は、得心がいかぬ顔をした。

「そうだ、路銀があるまい？」

訊かれて、そうだったと思い出す。このままでは、日光に辿り着くことができない。

「困りました……」

「どうだ、もう一度、賭場に行ってみるか」

「しかし」

「私が金子《きんす》と刀を取り返してやろう」

「まさか」

「なに、ちよろいものだ」

と、そこに若い娘がこちらに向かって来た。歩く姿はなかなか優雅な雰囲気である。

旅姿ではない。だが、この宿場で生活している娘とは一味も二味も異なっていた。

全身から醸し出される神々《こうごう》しさが、まぶしい。

「誰なんだ……」

ついロに出てしまった。

娘は、こちら側に向かって歩いて来る。どうやらこの千太郎という侍とは仲間らしい。

武家娘の格好ではないが、ただの町娘にも見えない。

――この連中はいったい何者なのだ？

丈太郎は、心のなかで頭を抱えている。

「これはこれは」

両手を拡げた大仰《おおぎょう》な態度で、千太郎という侍は娘を迎えた。

「なにをしているのです、こんなところで」

丈太郎が、草むらから立ち上がり、目で挨拶を送った。娘はていねいに腰を折って、

「雪と申します」

涼やかな声だった。物腰がていねいでしかも、目元も口元もすっきりしている。その辺にいる女ではないと丈太郎は思う。

よく小股の切れ上がったいい女というが、そんな雰囲気でもない。まるで、雲の上に住んでいるような仙女のようにも見えた。

「弥市さん」

町人が、はいと答えてそばに寄り、小声でなにか伝えると、まぁ、とか、あら、と

かいいながら、娘は丈太郎を見つめた。同情というよりは、この世にあらざるものを見るような目つきだった。

餓死寸前の男などあまり見たことはないのだろう。

雪と名乗った娘は、じっと丈太郎を見て、

「あなたはなにをしている人ですか？」

と訊かれた。

「あ……」

正面切って訊かれると、なんと答えたらいいのか困ってしまう。どう答えようかと迷っていると、

「なに、私と大して変わりない遊び人でしょう」

千太郎という侍が答えた。

雪は、かすかに目を細めただけで、

「あぁ、そうですか」

なにがあぁそうですかなのか？

丈太郎にはまるで飲み込むことができない。

だが、ああそうですかといったきり、雪は千太郎と会話を始めた。なにやらふたり

の間には、そこだけ隙間に入り込んだような雰囲気が漂っている。

——どういう人たちだ、このふたりは？

まったく、俗世間とはかけ離れたような佇まいであった。

腹が満足したせいで、自分の頭がおかしくなっているのか、と思って弥市と呼ばれた男を見つめる。

この男もどこか食えない顔つきと佇まいを持っている。

四角い面相に、油断のなさそうな目配り。それに、あの鍛えられた体。

考えれば考えるほど、混乱させられる。

「さて、丈太郎」

いきなり千太郎に呼ばれて、丈太郎は思わず、はいと答える。

「路銀は、この雪さんが貸してあげようと申し出ているのだが、どうするかな？」

「はい？」

これまた予測外のことが起きた。

「それは、うれしいのですが」

「なに、あるとき払いの催促なしでよいのだ」

まるで自分が貸し付けるような言い方である。

「しかし」

「よい。そのうち上野山下の片岡屋に持って来ればよろしい」

「ですが」

「では、そういうことで」

どういうことだ、そういうことで、とは……。

話はとんとん拍子に決まってしまった。

そこでまた驚いたのは、雪という娘があっさりと財布を取り出して、ぽんと丈太郎に渡したことだった。

「え……」

「どうぞ」

「はぁ、しかし」

財布のなかには、小判が十枚も入っている。慌てて、こんなには借りられない。といって返した。

「では必要なだけどうぞ」

娘は、にこりとほほ笑む。丈太郎は少し考えて、

「申しわけない……では半分だけ……」

小判を五枚だけ取り出した。

「先ほど千太郎さんがいったように、片岡屋さんにいますから」

娘は、どうぞどうぞといいながら、

「それでは、またお会いすることもあるでしょう。これで失礼します」

ていねいにお辞儀をして、その場から離れて行く。慌てて千太郎と弥市が追いかけて行った。

ひとり残された丈太郎は、金糸銀糸で織られている財布のなかに入っていた小判を呆然と見つめているしかなかった。

「旦那……あれでよかったんですかい?」

丈太郎と別れて土手下を歩きながら、弥市が横で不満そうである。

「雪さんがしたことだ」

「しかし、あんなどこの馬の骨とも思えねぇ野郎なんざ信用していたら、とんでもねぇことになりますぜ」

「まぁ、こういうこともある」

「さいですか、まぁ、おふたりがいいというのなら、不服はありませんが」

それにしても、もったいない、と言い続ける弥市に、

「あの丈太郎という人は、元武士ですね」

由布姫が、千太郎に向けて声をかけた。

「あんな流れ者のような格好はしていたが、間違いないな」

千太郎も否定はしない。

ふたりの会話に、弥市はへぇと驚いている。旅の合羽に三度笠は、どこから見ても旅の流れ者だ。それも、子どもの馬子に騙されるとは、よほどのまぬけに違いない、と弥市はいうのだった。

「あの者は、日光に行くといっていたようだったが……」

千太郎が呟くと、弥市は頷き、

「一緒に行くなどと、言い出させねぇでくださいよ」

「まさか、それはない」

「千太郎の旦那はなにを言い出すかわからねぇからなぁ」

その言葉に苦笑しながら、千太郎は由布姫に視線を送る。

「雪さん、なにかいいたそうだが？」

「おや、わかりますか？」

にやりと由布姫は頬を緩めながら、

「もし、あの者が片岡屋に来なければ、返済は千太郎さんがしてくれるんですね」

「これはまいった」

「まぁ、それはそれとして、日光へはなぜ行くのか、それを忘れないでください、といいたかったのです。あのような流れ者に気を取られていると、大事な仕事を忘れてしまいますよ」

「なに、そこまで耄碌《もうろく》はしていませんよ」

土手下の街道を歩くと、本陣が見えてきた。その前をさっきの丈太郎が、人混みをかきわけながら、歩いている姿が見えていた。

第二章　日光の出来事

一

とりあえず、腹はなんとかなった……。

歩きながら、丈太郎はひとりごちる。

栗橋宿は、賑やかだがなんとなく居心地がよくないのは、賭場で負けたからだろうか。だが、そこで出会ったおかしな侍と娘さんには、世話になった。

それを考えると、いい宿場なのかもしれない。

もっとも、あのふたりにお供の町人の正体はどう考えても妖しいから、諸手《もろて》を上げて喜んでもいられないのかもしれない。

そんなことより、大事なことはとにかく日光まで行くことだ。

そうなのである。

丈太郎には、日光へ行かねばならない理由があった。

――どうしても会って汚名を晴らすのだ……。

心の内で叫んでみた。

だが、どこか虚しい。いや哀しさも同時に沸き上がってくる。

それはなぜか……。

日光同心として働いていたときに、話は遡《さかのぼ》る。

三年前まで日光同心として、手腕を発揮していた丈太郎である。本名は、村雨《むらさめ》丈太郎といった。

日光同心は、日光東照宮と町の治安を守るのが、第一の役目だ。それでも、ときとしては、町で起きる盗人などの騒動を解決する場合もある。

盗人の活動が東照宮に飛び火しないようにするためであった。

加えて、一番恐ろしいのは、火事である。

間違って、火が境内などで燃え上がったりすると、日光奉行の首が飛ぶ。

なにしろ、東照神君家康《とうしょうしんくんいえやす》公が眠る墓所があるのだ、おろそかな警備をするわけにはいかない。

とにかく出火には、注意を要するのだ。

村雨丈太郎も、そんな警備に力を注ぐ日々を送っていたのだった。

ところが、あるとき思いもよらぬ出来事が起きた。

殺しであった。

それも、丈太郎が懇意にしている家で起きたのである。

丈太郎は、栗橋の関所を通り抜けて次の宿まで向かいつつ、

「あれは、こんな騒ぎだった……」

もうごまのはえには引っかからないぞ、と心に決めながら、三年前を思い浮かべていた。


「殺しだって？」

いつものように日光の山を見廻りに出た丈太郎を追いかけて来た、小者《こもの》の富造《とみぞう》が声をかけてきた。富造は、三十二歳になるがまだ独り者だ。生まれは上州《じょうしゅう》のほうだと聞いたことがあるが、詳しいことは喋りたがらない。憶測だが、口減らしに追い出されたか、自分から村を出たのだろう。

汗が吹き出る、六月の下旬のことだった。

日光の山が緑に変わって、景色は美しい時期である。そんなときに殺しの声は似合わない。

汗を拭き拭き富造は、丈太郎の袖を引っ張ると、

「お多美《たみ》さんが……」

そういって、早く行こうと催促する。尻端折《しりはしょ》りしている富造だから、速歩ができるが、

「ちょっと待て、待て、なにが起きたのだ」

丈太郎は、よく飲み込めない。

「なにが起きたって?」

「ですから、殺しです」

「誰が?」

「お多美さんですってば」

「なんだって?」

お多美というのは、丈太郎がいつも行く蕎麦屋のとなりにある家の娘の名前だ。小《こ》宮山屋《みやまや》という屋号の小間物屋だ。

その娘の名がお多美であった。

「お多美さんが殺されたのか！」

「違います」

「では、誰が殺されたのだ！」

焦りまくっている富造の言葉は、曖昧《あいまい》で摑むことができない。

「殺されたのは、お多美さんの兄さんです」

「洋太郎《ようたろう》さんが？」

小宮山屋を切り盛りしているのは、お多美の兄でもある洋太郎だった。まだ三十にはなっていないが、なかなかの商才があったのだろう、ここ数年で小宮山屋の身代を大きくしたといわれていた。

その兄である洋太郎さんがどうして？

丈太郎は、お多美に惚れている、と知っている富造である。だからこそ慌てているのかもしれないが、

「もっと、はっきりしねぇのかい」

「ですから、早く店に行きましょう」

どうやら富造にしても、詳しいことはまだ聞かされていないらしい。お多美の兄である洋太郎が誰かに殺されたことだけは、確からしいが、誰が手をかけたのか、喧嘩

だったのかそれとも、通り魔の仕業なのか、まったく把握できてはいないのだ。

そこまで気がついて、ようやく丈太郎にも焦りの気持ちが生まれた。

「店で死んでいるんだな？」

「へぇ」

「よし！」

富造に、続けと叫んで丈太郎は駆けだした。

店は、日光奉行所から少し坂道を下がったところにある。左右には参詣客を当て込んだ店が並んでいる。

ここ数日は長雨が続いたせいか、いつもよりは旅姿は少ないが、それでも街道筋には白装束や、菅笠《すげがさ》を被り杖を突きながら歩いている姿もちらほら見られた。

丈太郎が声をかけられたのは、二荒山《ふたらさん》神社の参道から少し降りたところだ。

店までは、ずっと下り坂である。

「急げ！」

叫びながら、丈太郎はお多美がいる小宮山屋まで駆け続けた。下り坂を走るのは、けっこう大変だった。足を取られそうになりながら、富造と一緒に店に飛び込んだ。

「どうしたのだ！」

小者たちが、周囲を囲みながら周りに集まって来る物見高い連中の整理をしている。まだ奉行所からの同心はついていないらしい。

「村雨さま！」

頬のうっすら赤みを帯びた娘が土間の奥から飛び出して来た。黄八丈《きはちじょう》の小袖だ。いつもならそれがまぶしく見えるのだが、今日はくすんで見える。

「お多美ちゃん。どうしたんだい」

「兄さんが……」

「殺されたって？」

「はい……」

消え入りそうな声で答えてから、お多美は丈太郎の胸にすがりついた。

「洋太郎さんを刺したのは誰だい！」

「…………」

いやいやをするような態度を続けるお多美に、丈太郎はなんとか気を強く持てというしかない。

富造は後ろのほうで、誰か逃げた野郎がいるかどうか、聞き込みをしているらしい。だが、思うように目撃した者は出てこないようだった。

丈太郎は、とにかく奥で話を聞こう、といったが、なぜかお多美は、それを拒否した。

「どうしたのだ？」

問うと、父親の為治郎《ためじろう》が悲しみで寝込んでいる、という。そんなところに同心が入って行くと、ますます落胆して熱でも出しかねない、とお多美はいうのだった。

あまりにも、その顔が真剣なために、それ以上、丈太郎も強くはいえない。

「だけど、刺されたそのときの話を……」

「それは、自身番に行って話します」

涙を拭きながら、答えた。なんとか気持ちも持ち直してきたらしい。最後には、きりっとした目で丈太郎を見つめた。

「そうか」

振り返ると、土地の岡っ引きが十手を振り振り店の前に立っていた。三吉《さんきち》という男で、普段は奉行所のそばで、豆腐屋をやっている。ことが起きたら岡っ引きとして、探索をするのだった。

三吉は、四十歳になったところだという話を聞いたことがあったが、そばで見るともっと若く見える。水を使っているからだ、と自分ではいうが、そんなことがあるの

だろうか。丈太郎は首を傾げたのだが、

「豆腐は若返りにいいんですぜ」

そう、三吉はうそぶいていた。

強面《こわもて》というわけではないが、あまり信用できる男ではない、と丈太郎は見ている。以前、どう見ても濡れ衣ではないのか、と思えた男を下手人に仕立てたのを見ているからだった。

宮前団子《みやまえだんご》を盗んで逃げたというのだが、その場面を見た者は誰もいない。だが、すぐ近くを歩いていたというだけで、三吉はその二十歳前と思える男を捕縛した。

「手に団子のタレがついてました」

というのが、三吉の言い分だった。だが、本人は、さっき買って食べたからついたのだ、と主張した。

丈太郎は、その言葉を盾にもっと調べたほうがいいと詰め寄ったのだが、

「それは、村雨さんの目が曇っているからですよ」

にやりとしたそのときの顔が、どうしても忘れられない。

といっても、反駁するだけの証拠もなかったので、仕方なく捕縛したのだが、その男は目を離した隙に逃げだし、追いかけた三吉によって殴り殺されてしまった。

「逃げたのがなによりの証拠でしょう」

三吉は、まったく悪びれずに答えた。

三吉を手下として使っているのは、井野原斉太夫《いのはらせいだゆう》という男だった。代々、日光奉行所の与力を務める家柄で、三十八歳。丈太郎の上司だ。

目に険《けん》があり、三吉を使っているのもわかろう、というものだった。

丈太郎には小者の富造がいるので、岡っ引きは使っていなかった。

二

日光街道を栗橋宿から次の宿場である中田《なかだ》宿まで進み、丈太郎は今市《いまいち》まで足を進めた。

今市は、日光を目の前にして拡がる宿場だ。

日光東照宮はすぐそこだが、旅人たちはこのあたりで一息つけようとするらしい。

街道筋には土産物屋、飯屋などが並んでいる。

この今市宿は、日光街道の宿場というだけではない。壬生《みぶ》道、会津西《あいづにし》街道、日光北街道などが集まる交通の要衝であった。それだけに、賑わいはあちこちの街道から集まってくる旅人たちのおかげでもある。

丈太郎は、日光街道を速歩で歩きながら、お多美の兄殺しを思い出している。

目の前には、地蔵堂が建ち、そこに六尺六寸もある地蔵が鎮座していた。

この地蔵は、もとは空海《くうかい》が大谷川周辺に建てたともいわれている。それが洪水でこの地に流されてきた。それにお堂を建てたというものだった。

八代将軍、吉宗《よしむね》が日光参詣へ行く途中、このお堂は白幕で覆われていたらしい。それを取り払うように命じ、このお堂の後ろで朝鮮人参を植えて収穫するように命じたともいわれている。

日光で働いていた頃に聞いた話だった。

当時のことを思い出しながら、丈太郎はお堂の横にあるき切株に腰を下ろして、煙草入れを取り出した。

一服しながら、三吉がやって来てからのことを思い出した……。


「村雨の旦那……」

三吉が、十手を丈太郎の胸に向けて突き出している。

横柄《おうへい》な態度はいま始まったことではないが、あまり気持ちのいいものではない。だいたい、ただの岡っ引きが取る態度ではあるまい。

丈太郎は目を背《そむ》けて、お多美に目を送っていた。

「旦那……あっしがここは仕切りますから」

「なにをいうか。そんな勝手なことを」

「井野原の旦那からそういわれています」

「なに？」

「村雨の旦那は引っ込んでいてください」

「理由はなんだ」

「旦那は、この店に肩入れしすぎているから、というのが井野原旦那の言い分です」

「それと殺しの探索は関係あるまいに」

「それは、直接井野原の旦那にいってくださいよ。あっしはただ命じられたことをまっとうに務めるだけですからね」

嫌な目つきで丈太郎を睨んだ。

一度、睨んだら蛇のように離さないというのが、三吉の信条らしい。それを同心にまで向けるのだから、いい度胸といえばいい度胸である。

「とにかく、ここはあっしにおまかせくだせぇ」

どうしても丈太郎に探索はさせたくないらしい。さらに、三吉は、丈太郎の体に近づいて、臭い息を吐きながら、

「ひょっとしたら、洋太郎さんを殺したのは、村雨の旦那ということはありませんかい？」

「なんだと？」

へへへ、と三吉は顔をくっつける。

「だって、お多美さんが旦那をなかに入れようとしてませんでしたぜ？」

「それがどうしたというのだ」

「なにか理由があるんじゃねぇかと思いましてね」

「それは……」

「へぇ、ここで聞いていましたよ。為治郎さんの容態が悪いからということでしたけどねぇ」

「なんだ、その顔は」

肩を小突いて元に戻そうとするが、三吉は怯《ひる》まない。むしろ丈太郎の体を後ろに押し付けながら、

「ですから、お多美さんが嫌がっているには、なんらかの理由があるはずでしょう。

本来なら、旦那をなかに引き入れて、相談するんじゃありませんかい？」

「何度もいうが、それは……」

眉をひそめながら、丈太郎はお多美を見た。助け舟が欲しかったのだが、お多美はひとことも言葉を発しようとしない。

そんな態度は、三吉をますます増長させてしまったらしい。

「ほらほら……」

丈太郎の顔をじっと見つめて、皮肉な意味を込める。

「お前にそんなことをいわれるいわれはない」

不機嫌な顔で返しても、

「ふん、それならどうしてこのおねぇさんが、旦那をなかに入れねぇんです？」

「それは……」

とうとうお多美まで丈太郎から顔を背けてしまった。三吉の追及から逃れたいと思っているのだろうが、これでは、まるで丈太郎が嫌われているように見える。

それでも丈太郎は、お多美が自分を助けてくれるのではないか、と視線を送った。

「お多美ちゃん、なんとかしてくれないか」

「……」

しかし、お多美はむしろ顔を背けてしまったのである。その態度に三吉はうれしそうに大笑いしながら、

「旦那……これじゃ、どうにもなりませんや」

「どうしろというのだ」

「ですから、ここから早く離れてくださいよ」

探索は自分がやるからいいのだ、といいたいらしい。邪魔だからどけとでもいいたそうに丈太郎を睨みつけている。

このままでは、埒《らち》が明かないと思った丈太郎は、しかたなく場を空けた。

「すみませんねぇ」

声だけは謝っているような内容だが、行動はまったく異なっていた。どんと丈太郎の肩に自分の肩をぶつけて。そのまま通り過ぎていったのである。

煙草の一服が終わり、丈太郎はふと空を見上げた。

ぴーひゃらと鳴きながらとんびが二羽円を描いていた。

「今度こそ本当のことを知りたい……」

ひとりごちる。

あのときのことを思い出すと、吐き気さえしそうになる。

――どうしてあんな嘘を……。

それまで、誰が殺したのかわからないといっていたお多美だったが、いつの間にか前言を翻《ひるがえ》していたのだ。

しかも、刺したのは丈太郎だと答えたというのである。

あの日……。

店の奥へ入って行った三吉は、さすがに不思議そうな顔をして戻って来た。

「旦那……」

「なにかわかったことがあるんだな」

「へぇ、まぁそれはそうですが」

「どうしたのだ、その顔は」

もともとあまりいい目つきではない三吉だが、その目がすがめになりそうなほど、体を斜めにしながら、

「いえねぇ、どうにもねぇ」

「はっきりしろ」

「旦那、ここに来たのは何刻です?」

「……どういうことだ、それは」

三吉はじろりと丈太郎を睨みつける。もし嘘を喋ったら容赦はしないといいたそうである。

「なにがいいたいのだ」

「旦那がお多美と会ったのは、いつです？」

「お前も見ていたではないか」

「その前のことは知りませんよ。ひょっとして、あっしが最初に疑ったように洋太郎さんとも会っていたんじゃありませんかい？」

「ばかなことをいうな」

さすがに丈太郎は、顔を真赤にする。三吉は胡散臭そうに、丈太郎を見ながら、

「そんなことをいって、嘘だとばれたときには、えらいめに遭いますぜ」

「やかましい」

そんな言い草に負けてたまるか、と丈太郎は睨み返した。

だが、そんな睨みに怯《ひる》むような三吉ではない。とうとう十手をぐいと丈太郎に向けて、やい、と叫んだ。

「なんだ、同心に向かってその態度は！」

つい、大きな声が出た。

できれば、なかからお多美が出て来て、釈明してもらいたい、と思ったのだが、奥はひっそりしているだけで、人が出て来る気配ない。

三吉も、十手を突き付けはしたが、さすがにそのまま捕縛するとはいえなかったらしい。

「とにかく、話を訊かねぇことには」

どうにもならねぇ、と呟いた。

最後の呟きは、三吉自身への言葉だったのだろう。なにしろ、同心を捕縛して、後でそれが間違いだったと判明したときには、三吉自身の首が飛んでしまうかもしれない。文字とおり、首を斬られることもあるだろう。

「まぁ、お多美の言い分だけだから、いまはなんともいいませんがね。とにかく、説明はしてもらいますから」

「なんの説明だ」

「ですから、洋太郎さんとなにがあったのかについてです」

「喧嘩などもしたことはない」

「まぁ、ここでなんだかんだいわれても、しょうがありませんや。とにかく、井野原さんに来てもらいましょう」

吟味をしてもらおう、ということらしい。

「しょうがない。だが、その前に、お多美ちゃんに一度会いたい」

「それは、無理ってもんですぜ」

「なぜだ？　私が殺したと本当に語ったのかどうか、それを知りたいのだ」

「あっしが嘘をいったとでも？」

「そうではない。どうしてそんな嘘をついたか訊きたいのだ」

三吉は、小首を傾げながら、

「本当に、旦那は殺しとは関わりがねぇと？」

「さっきからそういうておる！」

しつこく食い下がる三吉に、嫌気がさした丈太郎は、つい大きな声を上げてしまった。

ふと気がつくと、周りに人が集まり、丈太郎と三吉のやり取りを聞いている。弥次馬たちの面前でこんな侮辱をされたのでは、たまったものではない。

丈太郎は思い切って、店の奥へと足を踏み入れてしまった。

後ろから、三吉の呼ぶ声が聞こえていたが、無視するしかなかった。なんとしてでも、お多美の口から真の言葉を聞かねばならない。本当に、洋太郎殺しは丈太郎がやったと三吉に告げたのだろうか？

――まさか、そんなことがあるはずがない。

だが、もし、本当であったら……。

それには、なにか裏があるはずだ。

その裏を聞かせてもらいたい。

速足で廊下を進んだ。

見慣れた店の奥だが、いまはなぜか、初めて来たような気がした。

丈太郎は、いつもお多美がいる奥の部屋に向かって外から障子戸を開いた。

三

丈太郎が、今市宿で過去を思い出している頃、千太郎一行は、宇都宮宿にいた。

宇都宮宿は、日光街道のなかでも、一番大きな宿場町だ。

もともとは、城下町である。

それだけに、ほかの宿場町とは雰囲気がまた異なっていた。旅の格好をしている者たちも、どこか武張った連中が多いのだ。

本陣も、脇本陣もありそれだけ賑やかなのだった。

由布姫は、この街には結城紬《ゆうきつむぎ》が多く売られていると喜んでいる。こんなところに来てまで、呉服を買おうというのか、と千太郎よりも弥市が口をあんぐりと開いていた。

栗橋宿では、丈太郎とかいう流れ者に持っている路銀の多くを渡してしまったはずだ。それなのに、どうしてそんな金子《きんす》があるのか、といいたいらしい。

「密偵とはそんなに金子を貰えるものか？」

つい、疑問を吐いてしまった。その言葉を聞きつけた由布姫が、

「もちろんです」

自信ありげに答える。

密偵なのだから、金子に困ったら仕事にならないではないか、といいたいのだろう。

「それはそうでしょうが……」

だからといって、湯水のごとく使っていいものか、と弥市は口を尖らせていると、

「まぁ、そんな話はどうでもよいではないか」

千太郎が会話を終わらせた。

宇都宮は、城下町でもあるが二荒山神社の門前町でもある。

家康が伝馬役《てんまやく》を命じて、宿駅となり発展。宇都宮藩が治めている。伝馬役になったことから、人足二十五人。馬二十五頭が常に置かれている。家康が日光山に祀られてからは、日光街道は参勤交代の街道となり、文政《ぶんせい》の世になるとこの街道を通過する大名家は四十一家になった。

東海道が百四十六家で、それに次ぐ多さである。

それだけに、賑わいは街道一である。

幸い、いまは参勤交代の時期ではないため、千太郎たちも気楽な旅を楽しむことができた。

街道筋に建つ旅籠からは、若い娘たちが外に出て来て、呼び声をかけている。自分の旅籠に泊まってもらおうというのだ。

千太郎は、そんな娘たちに、ちょこちょこと声をかけては、笑わせる。その旅籠に泊るのかと思えば、また進む。

そうやって、どんどん街道を進んだ。

やがて、日光街道と甲州街道の追分《おいわけ》に着いた。そのまま進むと、甲州街道になり次の宿場は江戸から十八番目となる白澤《しらさわ》宿に向かってしまう。

日光へ行くには、戻らないといけない。

戻りましょうという弥市を無視して進んで行くと、下野国《しもつけのくに》一宮《いちのみや》二荒山神社の鳥居があった。

千太郎は、鳥居のそばにある土産屋に入って行った。応対に出た若い娘に、なにやら訊いていると思ったら、

「ここは日光の二荒山神社とは、関係がないらしい」

うれしそうに顔を由布姫に向けた。由布姫も、そうなのですか、と楽しそうだ。

弥市は、そんなことにはまったく興味がない。もともと、お伊勢参りなどに出かける連中に対しても、

「伊勢参りのなにがよくて、そんなに夢中になるんだい」

と情緒のない台詞《せりふ》を吐くくらいの男である。

日光東照宮にしても、武士はありがたがっているが、弥市としては、東照神君家康公、などと呼ぶことが、片腹痛いと思っているほどなのである。

「まぁ、葵《あおい》の御紋はおっかねぇが……」

それなりの畏怖はあるにしても、宇都宮あたりの神社など、どうでもいいという顔つきである。

それに気がついたのか、千太郎が、

「この神社には、源頼朝《みなもとのよりとも》や、関ヶ原の戦いの前には家康公も戦勝祈願にお参りしているらしいぞ」

「はぁ」

「それだけ、御利益があるということではないか」

「さいですかい」

お参りをしていきましょう、という由布姫の言葉に、千太郎も同調した。弥市にどうするか問うと、

「あっしは、ここで待ってます」

自分がお参りするのは、金龍山《きんりゆうざん》浅草寺の観音様だけだ、と威張っているから、千太郎も由布姫もそれ以上は誘わない。

階段を登って境内に着いた。

そこは広場になっていて、本堂を窺う。

手を合わせてから本堂の左側に入ると、小さな鳥居が並んでいた。そのとなりに明神《みようじん》の井《い》がある。

もともと宇都宮は湿地帯が多いためか水質もよく、おいしい水が飲める宿場としても知られていた。

せっかくだから、飲めばなにかご利益もあるだろう、日光へも無事に行けるだろう、と千太郎が手で水を汲もうとしたとき、

「おや？」

目をかすかに細めた。

「どうしました？」

となりで待っていた由布姫が、不審な声を出す。こんな場所で、そのような目つきをするのはなにか理由があるはずだ。由布姫は、体を捻って後ろを振り向こうとした、そのとき、がさりと遠くから音が聞こえた。

「誰だ！」

由布姫の動きよりも、千太郎のほうが早かった。

「そこを動くな！」

長どすを持って、こちらを窺っているその姿は、縞の合羽に三度笠。渡世人《とせいにん》のような格好である。まだ顔は幼い。おそらくは二十歳前だろう。

「お前は、旅のやくざ者か？」

静かな声で千太郎が問う。男は刀を抜いているのだが、千太郎も由布姫もまったく動じる気配がない。その態度によけい男はいらいらしているらしい。

「やかましい！」

「人違いをするな」

ゆっくりと返答をする千太郎に、

「そんなことはねぇ！」

「おや、間違っておらぬというのかな？」

「誰だっていいんだ！　金を出せ！」

「物騒な話ではないか」

「さっさと出さねぇと、命がなくなるぞ！」

そのことばに、千太郎は大笑いしながら、

「雪さん、どうやら物取りらしい」

「そうですか、それなら安心ですね」

「なにぃ？　安心だと？」

千太郎も由布姫もまったく怖がる様子はない。むしろ目の前にいる男の様子を見て、楽しんでいるようだ。

「くそ……金を出せといっているのだ。おめぇたちが、大金を持っていることは知っているんだ」

「はてな？」

「栗橋宿で見てぃたんだ」

「おやまぁ……」

　呆れ顔で、由布姫が手で口を塞いだ。

「おめぇさん、賭場ですってんてんになった野郎に金を渡していただろう。それを今度は俺がもらおうって寸法だ！」

「なるほど、そういうことですか」

「早くしろ！」

　長どすを振り回しているが、男は同じ場所から動こうとしない。その格好はどう見ても、剣術が達者とは思えない。

「あなたは、男を売る渡世人なのでしょう？」

　由布姫がゆっくり訊いた。

「だったらどうだってんだい！」

「そんな人が盗人の真似事をするとは、あまり格好いいとは思えませんねぇ」

「格好なんざ、どうでもいい」

「あなた……お名前は？」

「……丹治《たんじ》だ。飛魚《とびうお》の丹治って呼ばれるほど、すばしっこいんだ」

由布姫の持ち前の優雅な佇まいに、丹治は圧倒され始めたらしい。唇をわなわなと震わせているのは、不安があるからだろう。由布姫は、男に一歩近づいた。

「では、飛魚の丹治さんは、お金がほしいのですか？」

「そ、そうだ」

「賭場に行くお金がないのですか？」

「……そんなんじゃねぇ！」

「では、どうしてこんなばかなことをするのです」

「やかましい！　そんなことはおめぇには関係ねぇだろう」

問答無用だとばかりに、丹治は長どすを振り上げて、由布姫の前に突進した。

「やめなさい！」

威厳のある声に、丹治は足がすくんだ。

一歩も動けなくなったのだ。

背中に鋭い匕首《あいくち》でも突き刺されたような、おかしな気分になってしまった。

「な、なんだこれは」

「そんなつまらぬことはやめなさい」

「や、やかましい」

言葉は威勢はいいが、顔は目が見開いたまま、足は動けなくなっている。そんな自分に驚いた顔だった。

「ここは、清浄なる神社の境内です」

「だからなんだ」

「そんな場所で、強盗や盗人のまね事をするとは、どんな了見ですか。少しは反省しなさい」

丹治は、動けずにいる。かすかに、踏ん張っている足の指が、虫のごとく微妙に動いているだけだ。

「おい、飛魚の丹治とやら」

千太郎がにやにやしながら、丹治の前に立った。懐手《ふところで》をしたままで、剣術の腕がある者から見たら、隙だらけであろう。

どこといって、特徴のない面相だが、全身から放たれる光のような雰囲気に、丹治はその隙を見つけることもできない。

「なんだい」

「とっとと引き返したほうが身のためだぞ。この娘は面倒になると、人を喰う夜叉《やしゃ》だ」

「な、なんだって?」

夜叉だと? と口ごもる。そんな者がこの世にいるわけがない、といいたそうだったが、改めて由布姫を見つめながら、

「ほ、本当か」

思わず、問うていた。

その質問に、由布姫はわざと口角を斜めに上げて、

「そのとおりですよ、ほら……」

今度は、大きく口を横に開いた。

「わ!」

丹治は、大声を上げて下がり、そのまま後ろを見せて、逃げて行ってしまった。

そこに、弥市が駆けつけて来た。十手は持ち出していないから、手持ち無沙汰なのか、手刀を振りながらである。

「どうしたんです! 下にいたらおかしな声が聞こえたので、驚いて階段を飛んで登って来ましたよ」

よほど急いだのだろう、肩で息をしている。

「なに、丈太郎の後釜を狙おうという馬鹿がいたのだ」

「はい？　いま逃げていった野郎ですかい？」

「私たちから金を巻き上げようとしていたらしい」

「なんと、また無謀な野郎で」

「どうだ、親分、旅は楽しいであろう？　いろんな人間に会うことができるではないか。江戸ではこうはいかぬぞ」

「はぁ、まぁねぇ。まぁ、江戸の町も面白いですけど。旅先じゃ土地鑑がねぇから、やはり心配でさぁ」

ふむ、と頷きながらも千太郎は呟く。

「いまの者、本当にただの物取りであったのだろうか？」

「違うとでも？」

由布姫が問う。その目は、ほかにあるとしたら、どんなことかと訊きたいらしい。

だが、千太郎はすぐ首を振って、

「いやいや、疑心暗鬼になっておるのであろうなぁ。なにしろ、大事な仕事を控えているのであるから」

「……旦那の顔を見ていると、そうとは思えませんが」

「そうか？　そうかもしれぬなぁ」

江戸を離れても、のほほん節は健在な千太郎に、由布姫も弥市も呆れながらも安心顔を見せている。

「今日は、この宇都宮に泊まろう」

千太郎の言葉で、三人は日光街道に戻って行った。

四

「腹が減った……」

またまた丈太郎は、呟く。

どうしてこんなに腹が減るのだろう？

あの雪という娘から手渡された財布のなかから、半分だけ借りた。

まずはすぐ賭場に戻って三両で、長脇差を買い戻した。

今市まで、一気に進んだ。

一日でも早く、日光に着きたいからだった。

ひょっとしたら、自分が日光に入るのを嫌がる者がいるかもしれない。

いまは日光の町を目の前にして、杉の並木道を歩いている。春間近の陽光が、杉の葉を光らせて、木漏れ日が丈太郎の顔に降り注いでいる。

街道には、旅姿の人たちの顔も晴れ晴れしているように見えた。日光が近くなり疲れが飛んでいるのだろう、足元も元気に歩く姿が多く見られた。

遠くを見たら、日光山の東照宮五重塔が見えるかもしれない。

もちろん、そこまではまだ見えることはない。それでも、旅人たちの足は軽くなるのだった。

馬に乗っている旅姿を見ると、

「あの娘馬子はまたどこぞの宿場前で、旅人たちを騙《だま》しているのだろうか？」

つい気になる。

騙されたのは、自分のまぬけさなので仕方ないが、あの十歳くらいの子どもがあのような悪事に加担させられているかと思うと、やりきれなくなるのだ。

そんな気持ちになるのも、以前は日光同心という役職についていたからだろうか。

しかし、いまはただの流れ者である。

日光を出てから、三年。

その間には、やくざな暮らしを続けるしかなかった。

賭場にも出入りした。

女から貢《みつ》いでもらったこともある。

それまでの生活では考えられないほど落ちぶれてしまった。

だが、それもこれもお多美のためだ、と自分に言い聞かせていたのだ。

あれから三年……。

そろそろほとぼりも冷めた頃だろう。

そう思ったら、たまらなくなった。早くお多美に会いたいと思い始めたのだ。

そうして、江戸を発ち馬子に騙されながら、ようやく日光の町に着いた。

――お多美は、どうしているだろうか？

あのとき、部屋の障子を開くと、お多美は呆然とした顔で座っていた。そばには、誰もいない。

父親の為治郎は、自分の寝所で横になっているらしい。

「お多美ちゃん……」

返事はない。

何度か声をかけてみたが、丈太郎の顔すら見ようとしない。まるで腑抜けになってしまったようだった。普段のお多美からは考えられない様子に、

「どうしたんだ！」

思わず大きな声を出した。

それでも、お多美は誰もそばにいないような態度を取っているだけである。この状態で三吉にどうして、丈太郎が兄を殺したといえたのだろう？

その疑問が湧いてきた。

三吉は嘘をついたのか？

もし、そうだとしたらどうしてすぐわかるような嘘をついたのか？

お多美の顔を見ながら、どうしたらいいのか迷っていると、

「丈太郎さん……」

ようやくお多美が口を開いた。

だが、顔は相変わらず他所《よそ》を向いたままである。

「丈太郎さん……」

「なんだ、どうしたんだ？　俺はここにいる」

「申し訳ありません」

「…………」

「ここに匕首《あいくち》があります」

そういうと、お多美は懐から血のついた匕首を取り出した。

「こ、これは……」

「兄を刺した匕首です」

「どうしてこれを？　刺した奴から奪い取ったのか？」

「……そうです」

顔は真っ青で、血の気は引いている。

唇は紫色に変色し、まるで自分が殺しをしたような顔つきだった。

「まさか……」

お多美が自分で刺したのか、と丈太郎は訊きたくなってしまった。だが、それは次のお多美の言葉で、消えた。

「私が刺したのではありません」

「では、誰が？　この匕首を持っていたのは、誰なんだ？」

「……丈太郎さんです」

「え？」

思わず、体をずり下げた。お多美の言葉が信じられなかった。まさか、本気ではないだろう、と肩を揺すった。だが、

「丈太郎さんが、兄を刺したのです。この匕首で……」

三吉の言葉は本当だった。

三吉はこの言葉を鵜呑みにしているに違いない。これだけはっきり証言されてしまったのでは、信じられても仕方がない。

「だけど、それは……」

「丈太郎さんが、兄を刺したのです」

血迷ったのか？

お多美は気が狂《ふ》れてしまったのか？

それとも、本気でそう思っているのか？

「お多美ちゃん、どうしてそんな嘘をつくんだい」

「…………」

お多美の顔は変わらない。真っ青な顔色は変わらないが、能面のように一点を見つめているだけである。

まさに、気がおかしくなったとしか言い様がないと感じた。

「見せてくれ……」

丈太郎は、お多美が取り出した匕首を手にとって見た。どこにでもある匕首だった。

鞘はない。血糊《ちのり》がついたままである。

柄頭を見て、首を傾げた。

「おや？　これは……」

なにかの印が彫られているのだ。文字のようだった。誰かがそれを削り取ったような跡がついている。

文字が浮き出るように、印鑑のように彫られた一部分が削り取られている。おそらく、その文字を消そうとしたに違いない。

「これは……」

じっくり見ているうちに、丈太郎は気がついた。

「洋という字ではないか？」

その言葉に、お多美が反応した。

「見ないでください」

それまでとは打って変わって、目が吊り上がっていた。能面から夜叉に変わっていた。

「渡してください」

いきなり手を伸ばすと、丈太郎から奪い取り、それをまた懐に入れてしまった。

「お多美ちゃん、これは三吉に見せたのかい」

「見せました」

「どうしてそのまま持っているんだい？」

「誰にも渡したくないからです」

「どうして？」

「兄を刺した匕首だからです」

いっている意味が通じない。

兄を刺した匕首なら、凶器である。それなら、三吉に渡すのが普通ではないか。それを持ったままでいるのはなぜか？

丈太郎は、回り込んで、お多美の手を取った。

「お多美ちゃん、どうしてこんな大事なものを隠しているんだ」

「隠してなどいません」

「私にください」

「嫌です」

「どうしてだい。これがあると洋太郎さんを殺した下手人を見つけることができるかもしれないんだよ」

「刺したのは、丈太郎さんです」

「どうして、そんな嘘をつくんだい？」

「…………」

いくら話しても埒《らち》が明かなかった。お多美はまた部屋の一点に向けて、丈太郎から目を外した。

そのとき、どたどたと外から音が聞こえた。誰かが、家のなかに入って来た足音だった。

がらりと障子戸が開かれた。

「村雨丈太郎、神妙に観念しろ！」

井野原斎太夫の声だった……。

後ろに三吉がいた。片肌脱ぎになり丈太郎が逃げる格好をしたら、すぐに飛びかかる、という顔つきだ。

小者がひとり、六尺棒を持って廊下に控えている姿も見えていた。それらは、本格的に丈太郎を捕縛するために来たと告げていた。

五

丈太郎は街道を歩き続ける。一心不乱に歩き続けている。左右には、杉の並木が続いている。旅人たちのなかには、途中で歩き疲れたのか、杉の木の下で休憩しているような者もいた。

ときどき、休み処のような簡易な店が多くなってきた。

日光の町が近づいたのだ。

丈太郎は微笑みながら、両手の手首を、左右交互に撫で回した。

「あのとき、縛られた跡が残るかもしれねぇと思ったなぁ」

井野原の顔を見たときは、観念するしかない、と思った。

兄が刺されたのを見ていた、というお多美の言葉を信じると、丈太郎を捕縛するのは当然である。

詮議されたら、丈太郎は現場にはいなかったことが判明するだろう。そうしたら放免されるはずだ、とそのときは考えた。

「話を聞いてください」

井野原に頼んだが、三吉がそれを阻《はば》んだ。お多美の言葉があるから捕縛する。釈明するなら、後でしろというのだ。

「悪く思うなよ」

三吉は、丈太郎の手首に縄をかけた。力を入れてぐいぐい締め付ける。

「こうしておかねぇとなぁ」

逃げられたら困るといいたいらしい。

「そんなにきつく締めなくても、逃げたりせん」

痛みに顔をしかめながら、丈太郎は三吉を睨みつけた。

「どうだかな」

頬を歪める三吉に、井野原が、

「その辺にしておけ、まだ下手人と決まったわけじゃねぇ」

さすがに、部下に縄を打つのは気が引けるらしい。三吉は不服そうな目をするが、井野原の言いつけに逆らうわけにはいかないのだろう、

「承知しやした」

それまで、ぎりぎりと縛り付けていた縄を途中から緩めた。おかげで、痛みは少なくなった。

「あれは、痛かった……」

思い出しながら、手首を撫でる。

あのときの痛みは屈辱の記憶でもあった。

井野原がまともに調べる気がなかったら、あのまま本当に捕縛されて、牢屋に入れられていただろう。

井野原はその場で、丈太郎に問いかけた。

「ここで、取り合えず吟味する」

そういって、お多美から離されて別の部屋に連れて行かれた。本来なら奉行所まで連れて行かれてもおかしくはないのだが、井野原の温情だったのかもしれない。

普段は、厳しい男だがさすがに同じ役人が人を刺したとあっては、あまり公にはしたくなかったとみえる。

もっとも、部下が人を刺したとあれば、自分の監督不行き届きになる。それを知られるのを避けたかっただけかもしれない。

井野原は最初に、本当に刺したのか、と問うた。

「もちろん、そんなことはしていません」

「ならば、どうしてお前が刺したとあの娘は言い張っているのだ」

「それはわかりません」

　そこに三吉が、お多美が持ってました、といって血糊のついた匕首を運んで来た。

「これが凶器か？」

「そうらしいです。で、旦那……ここを見てくだせぇ」

なんだ、といって井野原は、三吉が示した場所を見た。柄頭に彫られている文字に
三吉も気がついていたのだ。

「なんだ、これは？」

「この匕首の持ち主の名前でしょう」

「これは……洋という字じゃねぇのか？」

「へぇ、削り取られているようですが、洋ですね、これは」

「ということは、刺された洋太郎のものではないのか」

「そう考えることができると思いますが」

「どういうことだい？」

　三吉は、自分の推量を語る。

「おそらく、誰かと洋太郎は口論かなにかになったんじゃありませんかねぇ。そこで
洋太郎は持っていた匕首を取り出した」

「そうか、それを相手に取られて、返り討ちにあったんだな？」

「そんなところでしょうねぇ」

丈太郎の顔を見ながら、三吉は、

「村雨さん……あんたがやったんじゃありませんかい？」

「私は富造に呼ばれてここに来たのだ。そのときは、すでに洋太郎さんは刺されたあとだった」

「ですから、その前にすでに来ていたんじゃぁねぇですか？」

「ばかなことをいうな」

見廻りをしていたのだ、と井野原の顔を見る。

「それについちゃ、井野原さんが一番ご存じです」

井野原は、眉間に皺を寄せて、

「間違いねぇ」

見廻りに出た刻限を井野原は知っているのだ。殺しが起きたときとは、時間が合わない。

「そうですかい」

残念そうに、三吉が顔をしかめる。十手の先端をぐるぐる回しながら、丈太郎に突きつけて、嫌味な顔を見せつけていた。

井野原はそれを止めようとはしない。じっと黙認している。井野原にしても、丈太郎が下手人とあっさり決まってくれたほうが、いいのだろうが、部下の不始末を追求されたら困る。

どちらに転んでも、あまりいい話ではないのだ。そのために、いらいらが募っているのは目に見えていた。それでも長々と続いたために、

「十手を回すのは、いい加減やめろ、三吉。目障りだ」

「へぇ、あいすんません」

不機嫌な井野原の言い様に、三吉は頭を下げる。

丈太郎が殺しの場にいるのは無理であった、と判明したせいで、今度はお多美が疑われることになってしまった。

第一、洋太郎が刺されたところを見た者はいない。お多美だけが兄が刺された場面を見ているのである。

そこに三吉は、目をつけた。お多美が呼ばれた。

「おい、お多美……おめぇさんの言い分には、あれこれおかしなところがあるんだがなぁ。それを説明してもらおうかい」

お多美は、静かに丈太郎に目線を送ってから、

「ごめんなさい……」

かすかに頭を下げた。さっきまでは、一度も丈太郎の顔を見ずに避けていたのに、今度は、しっかり見つめている。

お多美の心のなかでなにが起きていたのか、丈太郎は慮《おもんぱか》るが、答えを出すのは難しい。

「動転していました」

お多美は、そういって、わぁ！　っと突然涙を流し始めた。それまで我慢していた気持ちが、一気に噴出したようだった。

「泣いたってだめだぜ」

三吉は、鬼のような言葉を吐く。

それでも、涙を流しわぁわぁ泣き続けるお多美には、閉口しているようで、どう扱ったらいいのかわからねぇと呟いた。

井野原は、もうどうでもよくなったような顔をしている。

「井野原さん。このままじゃ埒が明きません」

「そんなことは承知だ」

「じゃ、どうしますか？」

お多美は、丈太郎が匕首を使って兄を刺したといったのは、まったくのでたらめだ、と証言を翻《ひるがえ》している。

「このままでは下手人を取り逃がしてしまいます。どんどん逃げて行くのではありませんか？」

「わかってる」

井野原は、三吉になんとかしろ、と命じたが、三吉としてもそうはいわれても、どこから手を付けたらいいのか、途方にくれる顔をするだけだった。

「私が捜しましょう。疑われた自分だからこそ、その汚名を返上したいのです」

丈太郎の言葉に、三吉は嫌そうな顔で、

「まだ、はっきり白と決まったわけじゃねぇ」

「そんなことはねぇだろう。お多美さんは、はっきりさっきの言葉は間違いだ、と認めているんだ」

「ふん。だからといって、俺はまだ疑いを解いたわけじゃねぇぜ」

「井野原さんが、あの刻限にこの店にいるのは、無理だと認めているんだぜ」

「なにか策を使ったともいえるじゃねぇか」

「……おめぇがあちこちで嫌われるのがよくわかるな」

「やかましい。これでずっとやってきたんだ、文句をいわれる筋合いはありませんや」

ふん、と鼻を鳴らして三吉は、他所を向いてしまった。

「おい、村雨」

井野原が、目を細めた。

「おめぇ、ここから出ろ」

「はい？　なんのことです？」

「一度でも疑われたんだ、おめぇがここにいちゃ奉行所の威信は落ちてしまう。だから、消えてしまえ」

「……日光から出て行けということですかい？」

「まぁそんなところだな」

「そんな、無体《むたい》な」

「第一、疑わしい動きをしているおめぇがいけねぇんだ。お多美とおめぇの仲は誰だって知っているんだ」

「それと、洋太郎さん殺しとは関わりはありません」

「あるからいってるんだ」

井野原は、眉を寄せながら、刀の柄に手を預けて、

「俺のいうことが聞けねぇってのかい」

唇を嚙みしめて、いまにも鯉口《こいぐち》を切りそうな勢いだった。こうなったときの井野原は、野犬のようだ。どんな相手にでも嚙み付いてしまう。

そうはいわれても、丈太郎としては、はいそうですかと日光から出て行くわけにはいかない。同心の身分も捨ててしまうことになる。

三吉もお多美も固唾《かたず》を呑んで、ふたりを見守っている。三吉はどうでもいいが、お多美が困る顔を見るのは、忍びない。丈太郎は逡巡《しゅんじゅん》した。このまま日光にいて下手人《げしゅにん》を捜したほうがいいのか、それとも消えてしまったほうがいいのか。

最後には、お多美の泣き顔が決め手になった。このままでは、お多美が疑われたままになってしまうだろう。自分が消えることでそれが解消されるなら、そのほうがいい。

丈太郎は、キッと目を見開いて、井野原を見て、

「……わかりました。出て行きます」

「おう、そうかい。じゃそうしてくれ。それでお前のことはなにもなかったことにし

ておいてやれる」

　別にありがたいことではない。だが、ここで井野原に逆らってしまっては、どんな仕打ちを受けるかわからない。

「ついで、お多美に関してもお咎めなしにしてやるぜ。ただ、それだとおめぇが自分の疑いを解かずに逃げたという話になってしまうかもしれねぇがな。まぁ、それでもお多美は助かるってものだ」

　井野原は、柄から手を外した。

　お多美にしても、一度は嘘をついていたのだ。そこを突かれてしまっては、矛先が向いたまま、周りからも疑いを受けてしまうかもしれない。

「わかりました……」

　丈太郎は頷くしかなかった。

　その夜、丈太郎はあるものを盗んで、日光を出奔《しゅっぽん》した——。

第三章　飛魚の丹治

一

宇都宮宿から日光街道を歩く千太郎たちを尾行する影があった。

「ちきしょーめ。こけにしやがって」

男は、飛魚の丹治だった。

縞の合羽に三度笠姿は、どこから見てもやくざ者だとばれるのだが、そこには目が届いていないらしい。

だが、そんな格好は千太郎でなくても、気がつく。

「後ろにおかしな野郎がくっついてきます」

弥市が笑っている。宇都宮の二荒山神社で、すれ違っただけでも、その格好は覚えているのだ。

千太郎も由布姫も気がついているのだろう、にやにやしながら、弥市の言葉を聞いていた。

ここは、宇都宮宿から離れて、今市宿を過ぎたあたりの杉並木。街道といっても、宿場から離れているために、田園が広がっている。

遠くに山並みが見えている。天気は良く雨が降りそうな気配はないのがありがたい。道端に草が生えているが、まだ芽吹いているものはない。

「江戸じゃ、もう春ですかねぇ」

弥市が、寂しそうな声を出した。

「おやぁ？　もう江戸が恋しくなってしまったのですか？」

由布姫が問う。まだ、江戸を離れて三日でしかない。それなのに江戸を思い出しているとは、情けないといいたいのだ。

「そんなことをいっても雪さん……」

普段は口を尖らせる弥市も、いまは眉を下げて、子泣き地蔵もかくあらんという風情だった。

「なにしろ、親分は江戸をいままで一日と留守にしたことはないというのが、自慢の種なのだろう」

はぁ、と弥市は頷くしかない。

ときどき懐に手を突っ込むのは、十手を確かめようとするのだが、

「あぁ、十手がねぇと心細くて……」

体の一部になっているのだろう、弥市は懐を探りながら呟く。

「なんだが、懐が寂しくて風邪を引いたような気分でさぁ」

「懐が寂しいなら、貧乏なのだろう」

「それをいっちゃぁおしめぇです」

「おしめ？」

「おしまい、です！」

舌打ちでもしたそうに口を尖らせる弥市に、千太郎も由布姫も腹を抱えている。

「親分、ところで、鉢石《はついし》宿の『鉢石』の由来はご存知かな？」

「ご存知ではありません」

「そうか……」

そのまま千太郎は歩き続ける。

「おや？　それで終わりですかい？」

「聞きたいかな？」

「千太郎の旦那が喋りたいんでしょう」

「よくわかった」

「旦那のその顔を見ていたら誰だって、気がつきますよ」

「つまりだ……」

　いきなり千太郎は、喋りだす。

「この村に住む芝田善平《しばたぜんべい》という人の庭かどこかに、鉢に似た石があったからだ」

「……それだけですかい？」

「いかぬか？」

「いえ、いけなくはありませんが、もっとすさまじい由来があるのかと思ってました」

「すさまじいとは、どんなことです？」

　由布姫が問う。その目はどんなことを弥市が想像していたのか、知りたいと語っていた。ときどき、弥市はとんでもない話を作り上げる。それを期待しているような目つきだった。

「ですからね」

弥市が、えへんと咳払いをしながら、

「昔々、あるところに、鉢という野郎がいましてね」

「ほう」

「その鉢野郎が、ある女に懸想《けそう》したと思いねぇ」

「……思ったぞ」

「その懸想された女は、まったく鉢に惚れる様子がねぇんです」

「なるほど」

「そこで、あるとき鉢は祈願をしました。祈願した先が石神《いし》社という名前の神社ですよ」

「知らぬなぁ」

「……そこで、祈願をした内容が、なんとかあの娘に惚れられたい。だけど、どうしてもだめだったら、自分は世をはかなんで、石になってしまいてぇ……」

「それは大変だ」

それまで聞いていた由布姫が、おほほと手を口に当てて、

「その娘さんに振られて、鉢さんは石になってしまったんですね」

「ご明察」

へへへ、と弥市は薄ら笑いを続けながら、

「とうとう自分の思いが届かねぇばっかりに、石になってしまった。そこで、この土地を鉢石というようになったと。まぁ、そんな話でもあるのかと思っていました」

「親分は、戯作者《げさくしゃ》にでもなれるぞ」

弥市は、そんなことは考えたこともありません、と、口を尖らせて、

「あっしは、根っからのご用聞きです」

「それは、否定はせんぞ。親分は江戸一の親分、山之宿の親分だ」

「……なんだか、やくざの親分みてぇな言われ方です……」

その言葉に、また千太郎と由布姫は大笑い。

「鉢石が知られるようになったのには、日光山を拓《ひら》いた勝道上人《しょうどうしょうにん》という偉い人が関わっている。その勝道上人が、托鉢《たくはつ》の途中、大谷川《だいやがわ》の河原にあったこの石に座って、日光山を仰いだという話が伝わっておるのだ」

「おや、そんな話があったのですね」

由布姫が得心顔をしている。

「そこで、日光を開山したときから、旅行する人たちの道標になった、とまぁ、そんなわけであるな」

「その石は、どこにあるんです？」

弥市は、周囲を見回したが、見つからない。

「なにその辺にあるのだろう」

気にもせずに、千太郎は街道を進んで行く。

冗談を言い合っている間に、三人は鉢石宿の木戸に着いた。関所ではないから、すんなりと通り抜けて、宿場の中心に入って行く。

ここまで来ると、日光の山はすぐそこである。

緩やかな坂道を上って行く。

周囲の木々はまだ春には遠く、枯れ木が並んでいるのだが、東照宮のそばまでやって来た、という気持ちがあるからだろうか、なんとなく、厳《おごそ》かな気持ちになる。

弥市がふと、後ろを振り返った。

「あの野郎、しつこい男だ……」

後ろから、ついてくる男はまだいるようだ。

「ちょっと痛めつけてやりましょうか」

「待て待て、いきなりそんな乱暴なことをしては親分らしくない」

「目障りなんですよ」

あの馬鹿と、いいながらまた振り返る。

それに合わせて、飛魚の丹治は身を隠すつもりなのか、横のほうに体を寄せてみたりするのだが、それがまた無様《ぶざま》である。

自分では気がつかないのだろう、丹治は鼻歌でも歌いそうな顔つきで、一度道を外れてからまた戻って来る。

弥市が後ろを向くとまた同じ行動を取る。

「まったく、馬鹿だなあの野郎は」

どこまで笑われているのか、自分では気がつかないのだろう。

「旦那、どうします？」

「ほうっておけ」

「まぁ、たいして危険な野郎ではなさそうですからね」

確かに、それほど身構えるような相手ではなさそうである。

だらだら道を登って行くと、左側に日光奉行所の建物があった。

しばらく、千太郎は建物の前に突っ立っていた。

数歩後ろに下がって、由布姫が千太郎を見つめている。

「後で、挨拶にでも行ってみるかな」

千太郎がささやくと、由布姫はかすかに首を傾げて、

「それはやめたほうがいいのではありませんか?」

その言葉に千太郎は、おや? という顔をした。

由布姫は、弥市に声が聞こえないようにそばに寄ってから、

「お忍びなのですよ」

「それはそうだが」

「稲月家の若殿の顔を見知っている者がいたら困ります。そんなことになると話がおおごとになって、隠密な動きができなくなるではありませんか」

あくまでも、日光の情勢を探って、なにか危険があったらそれを防止する策を講じることが、この旅の目的だと由布姫はいうのである。

「そういわれたら確かにそうだな」

「ですから、奉行所には顔は出さないほうがよいのです」

「これは、気がつかなかった。つい、顔を出していろいろかき回してみたくなってしまう」

「その癖は、今回はお控えになったほうがよろしいでしょうね」

ふむ、と腕を組んで、千太郎は由布姫をじっと見つめる。

「……なんです？」

「さすが、私の妻になる人だ」

「まだ、まだ、その気になっていません」

ぷい、と坂道を先に上って行く。

それまで弥市は、後ろからぶらぶらとまるで関係ない、といわんばかりの顔つきで、坂道を登って来る丹治に目を向けていた。

二

ぶるんと体を震わせた。

それほど寒いとは思っていなかったのだが、地面から冷えが登って来るような気がしたからだった。

丈太郎は、前掛かりになりながら、坂道を上って行く。

左に大猶院《だいゆういん》の入り口が見えてきた。

ここは、三代将軍、家光《いえみつ》を祀っている寺だ。

日光山には、このほかにも二荒山神社がある。

修験者《じゃ》たちが、ここを目指すのは開山に役行者《えんのぎょうじゃ》が関わっているといわれているからだった。

途中、兜巾《ときん》に鈴懸衣《すずかけい》、錫杖《しゃくじょう》を突いて歩く行者の姿をちらほらと見ることができる。

――一時は、目指したのだが……。

自分も修験道の行者にでもなろうかと考えたこともあった。

だが、それでは世間から離れてしまうことになる。それは避けたかった。もし、行者になってしまったら、お多美との関係がどうなるのだろう。そう考えたら足を踏み出すことができなかったのである。

いまは、それでよかった、と丈太郎は思っているのだった。

町は冷えているが、丈太郎の体は熱かった。

久々にお多美に逢える……。

そう考えただけで、体に火が付いたようにかっとなる。

あの日、日光から逃げ出したのは、お多美の気持ちを慮《おもんぱか》ったからだ。

一度でも丈太郎を下手人といった裏には、なにか裏の気持ちが隠されているに違いない。

そうでなければ、あんな嘘をいうわけがない。

丈太郎は頭のなかで、その裏を推量してみた。

だが、ひとつとしてその要因は浮かんでこない。兄が刺されたのは間違いない。

富造が周囲を聞き込んでみても、逃げた者がいたという証言はひとつとして上がってこなかった。

結局、洋太郎は誰と話していたのか、それもわからずじまいである。

そこになにか、隠されている事実があるのではないか、と丈太郎は思う。洋太郎を尋ねて来た者は誰もいなかった……。

富造の探索では、そう考えるほかはない。

――では、誰が洋太郎を刺したのだ？

幽霊が刺したわけではない。

確実に、下手人はどこかに隠れている。

そこで、丈太郎が疑ったのは、あの部屋のどこかに刺した人間が隠れていたのではないか、ということだった。

そうだとしたらお多美のあのおかしな言い分も納得できるのだ。

あのとき、父親は洋太郎が刺された事実に衝撃を受けて、横になってしまっている、とお多美は答えてきた。丈太郎に会わそうとしなかった。

あれは――。

下手人が隠れていて、為治郎を脅していたとしたら……。

「それなら、あのお多美の態度もしょうがない」

だけど――。

その下手人はいつ逃げることができたのだろう?

身を隠していたとしても、いつまでも為治郎の部屋に隠れている訳にはいかないだろう。

井野原が顔を出したときには、まだ部屋に隠れていたはずだ。井野原が丈太郎に質問をしたのは、お多美の家のなかだった。

としたら、役人と丈太郎が外に出た後、ということになる。

あのとき、あまりにもお多美の言い分がおかしな内容だったから、そこまで考えは及ばなかった。

失態だったがいまさら、そんなことを思っても仕方がない。まさか家のなかに下手人が隠れているとは、思いもよらない。

いまは冷静になっているから判断することができるのだ。

丈太郎は、大猶院を左に見てそのまま二荒山神社へと続く坂道を一度登りかけて、

「お参りが先か、お多美ちゃんに会うのが先か……」

足を止めた。

お多美の店はすでに通り過ぎている。

店の前を通ったときには、なぜか顔を隠して背中を見せながら早足で通り抜けてしまった。そんなことをする理由はまったくないはずだが、日光に戻っ来きたことを知られないほうがいい、と思ってしまったのだ。

心では、戻って来たぞ、と大きな声で叫びたい。

だけど、どうしてもそれができずに、通り過ぎてしまったのだ。

冷たい風と反対に、体が熱くなる。

お多美に逢えると思ったからだろうか、それとも顔を隠して逃げるようにしたことで、恥を感じたのか。

おそらくその両方だろう、と丈太郎は自分を嗤《わら》った。

まるで、好きな男の前に出た小娘ではないか。

男がそんなみっともない気持ちになってどうするのだ……。

――どうなったんだ、俺は。

丈太郎は、そんな己の心情を持て余している。

冬枯れた樹木の枝が風に揺れている。

ときどき、烏《からす》が止まっていて、丈太郎を見つめている。

「不吉な……」

烏と見合いなどしたくない。

そのとき、丈太郎は目を瞠《みは》った。

「おやぁ？　あれは……」

三人連れの姿が見えた。

「あれは、あのときの……」

栗橋宿で助けてくれた雪という娘と、千太郎。それに弥市といったはずだ。

「三人もこの日光に来ていたのか」

思わず、頬を緩める。

こんなところで会えるとは思っていなかったのだが、考えてみたら栗橋宿にいたのだから、鉢石宿に向かうのは当然といえば当然のことだろう。

「おや？」

顔を見せようと思って、坂道を降り始めたとき、丈太郎は首を傾《かし》げた。

「変だぞ……」

栗橋宿では気がつかなったのだが、三人の脚さばきを遠くから見ていて、丈太郎のなかに警戒心が生まれた。

「あの者たち……」

元は日光同心である。おかしな動きをしている者を見ると、勘所が働く。まだ、当時の目利きは残っているようだ。

「あの脚さばきは、只者《ただもの》じゃねぇ……」

つい、ひとりごちた。

「特に、あの千太郎という御仁《ごじん》は……」

ちょっとやそっとでは、戦ったら勝てる見込みはないように見えた。

「雪さんも……」

財布を出してくれたときには、そこまで目は向かなかったのだが、いまははっきり目に焼き付けることができた。

「あの物腰は、武家娘に違いない」

言葉に出してしまうほどの衝撃だった。

腹が減っているということは、すべてが見えなくなってしまうらしい。

「それにしても、何者……？」

密偵だろうか？

日光には、東照宮がある。参詣に来ているだけではないとしたら……。一見、のんびり、優雅などこぞの無役の旗本が遊興に来ているように見えるのだが、そもそも、いくら無役だとしてもこんなところまで、来る暇と金があるものだろうか。

部屋住みだとしたら、なおさらだ。

不届きな浪人などのなかには、東照宮を目の仇《かたき》にして、隙あらば火でもつけてやろうかという者がいないではない。

いつまで経っても仕官ができずに、食い詰めて最後は自棄《やけ》になってしまったような浪人たちである。

同心だったときには、付け火が一番の敵だった。

日光には、千人同心が八王子《はちおうじ》から火事を防ぐためだけに来ている。

あの者たちの生活は、それほど恵まれているとは思えないのだが、その熱心ぶりは丈太郎から見ても、感心させられる。

怪しい者が入り込んだと伝言でも頼もうか、と考えたが三人組は東照宮に火をつけるとは、考えにくい。

──それなら、なにを目的に？

密偵だとしたら、それはそれで面倒なことになる。

丈太郎が日光に戻って来たのは、いってみれば復讐のためだ。

お多美への復讐ではない。自分を日光から追いやった者たちへの恨みは残っている。

あのとき、まともな探索もせずに、丈太郎が消えたらそれで洋太郎殺しは解決するのだ、といった井野原、三吉のふたりは特に許すことはできない。

あの三人が密偵だとしたら、こちらの動きを封じられてしまうだろう。真の下手人を挙げたいと考えているのだ。そのためには井野原や三吉たちとは接触せずに、動きたいのだった。

「これは、困ったことになったぞ……」

三

坂道の上から三人がいる方面を見ながら、丈太郎は大きく息を吐いた。

「旦那……」

「ふむ……」

「気がつきましたね？」

「前門の虎、後門の狼だな」

「そんなに大変な野郎たちじゃねぇと思いますがね」

にやつきながら、弥市は口を尖らせる。

「腹が減っている割には元気そうであったなぁ」

「雪さんからもらった路銀がありますから、どこかで喰ってるでしょう」

「なるほど」

だが弥市は、どこか腑《ふ》に落ちねぇ、という顔つきだ。千太郎が目で、どうしたのだと問う。

「あの野郎、こっちが見ているのに気がついていましたかねぇ。ここから見てると坂上なんであまりはっきりは見えませんでしたが、坂下のあっしたちのことはしっかり見えていたはずです」

「不審そうにこちらを見ていたのは気がついたぞ」

「やはりそうですかい」

由布姫が、ふたりの会話に入る。

「でも、あの丈太郎さんという人はそれほど悪い人間には見えませんでしたけどねえ」

「人は、見かけによらねぇということがあります」

「親分は、人を疑うのが商売ですからねぇ」

小さく息を吐いて、由布姫は坂下へと目線を送った。そこには、飛魚がまだぐずぐずしながらくっついて来る姿が見えていた。ときどき、木陰などに身を隠そうとするが、坂上からは丸見えである。

ほうっておこうという千太郎の言葉があるので、そのまま勝手にさせておくことにした。悪さを仕掛けてくる気配はない。なにか企んでいるような様子は見えているが、

「あの者にそれほど知恵はあるまい」

がはは、と千太郎は笑っている。

そのとき、役人らしき者がふたり、千太郎たちのとなりを通り過ぎていった。なぜか急いでいる様子が見られた。

「親分……」

千太郎が目配せをした。なにを慌てているのか、後ろからくっついて行き、会話を聞いてこい、というのである。

「合点……」

弥市はすすっとふたりの横ちょにくっついて、一緒に歩きだした。

「ほう、さすがに山之宿の親分、いい間合いだ」

呟いた千太郎に由布姫は、はい、と返事をしてから、

「ところで、千太郎さん。これからどうするんです？　どこからどんな調べをしたらいいのか、私にはまるで見当がつきません。奉行所に行くのはあまりいい策ではないでしょうし」

「ふむ」

「……なんとかいってください」

「好きだ」

「はい？」

「私は雪さんこと由布姫が好きである」

「な、なんです、こんなところで」

思わず由布姫は周囲を見回した。参詣客なのか数人の町人たちがすれ違って行く。言葉が江戸とは異なるので、江戸を離れたのだなぁと察することができる。

「なにかいえといわれたからいうたまで」

「そんな話をしてくれといったわけではありません」

「それは残念」

弥市の後ろ姿を見ながら、千太郎は真剣な目つきでもう一度、好きだ、と口だけ動かした。

「からかうのは、それまで！」

「誰がからかっているんで？」

弥市が小走りになって戻って来た。その目はなにか収穫があったらしい。由布姫は、千太郎から離れて、そばにあった土産屋に入ってしまった。

「どうした、親分」

「旦那……その呼び名はここではやめておいたほうがいいんじゃありませんかい？」

「そうか、ではやっちゃん」

「はい？」

「弥市だから、やっちゃんであろう？」

「…………」

口を尖らせるというよりは、頬を膨らませて、どう答えたらいいのかわからん、という目つきだった。

「そんな顔をするな。なにを聞いたんだ」

「へぇ、それが……」

弥市は、坂上を見て誰かを探すような仕草で、

「あの丈太郎という野郎は、どうやら凶状《きょうじょう》持ちまがいな男らしいです」

「まさか」

「へぇ、最初はあっしもね、まさかと思って耳を澄ませていたんですが、初め聞こえてきた言葉が、丈太郎が帰って来た、という科白《せりふ》でした」

「帰って来た？」

「へぇ、どうやらあの野郎は、元は日光に住んでいたようですね」

「なるほど……」

千太郎が由布姫を捜すと、入っていた土産屋から出て坂下のほうに向かって行く姿が見えていた。目当ての土産でも探すのかもしれない、と目を凝らしていると、飛魚の丹治が虎視眈々《こしたんたん》という雰囲気で、由布姫の動きを探っている。

だが、千太郎はにやにやしているだけで、弥市に続きを促した。

「日光での生業《なりわい》は？」

「ふたりは、うっかり口を滑らせてました。なんと、役人でした。同心です」

「ほう。これは面白くなってきたぞ」

え？　という顔をしながら弥市は続けた。

「凶状持ちというわけじゃねぇらしいですが、これがなんと旦那……あの野郎、誰かを刺して逃げた、という噂らしいんでさぁ」

「それなら戻って来たら、捕縛されるのではないか？」

「それが、はっきりした証拠があったわけじゃねぇらしいんですが、聞いているだけでもおかしな話ですぜ」

「つまり、こういうことか。あの丈太郎は元、日光同心だったのだが、ある者を刺してそのまま逃げてしまったと？」

「まぁ、そんなところでしょうねぇ。途中から声が小さくなったので、聞こえなくなってしまいました。あっしがとなりを歩いていることに気がついたのかもしれません」

ふむ、と千太郎は懐手をしながら思案顔になった。

「なんだかおかしな具合ですねぇ」

ため息をつきながら、弥市は坂下に目を向ける。

「おや？　あれは雪さんじゃありませんかい？」

老舗《しにせ》らしき店から出て来たところだった。

「あ……あの野郎！」

由布姫の動きを目で追っていた弥市が叫んだ。

「なにする気だ、あの馬鹿は……」

丹治は、そっと由布姫のそばに寄って行く。

腰を屈めて、なにかを狙っているような格好だ。どうやら由布姫の懐を狙っているようである。

弥市は、大声で知らせようとして千太郎に目を送る。

「ほっておいて大丈夫だ」

知らぬふりで、千太郎は坂の上を見ている。

確かに雪のことだから、あんな馬鹿野郎などあっさりと手玉にとってしまうと思うが、それにしても、弥市は知らぬふりはしていられないと、数歩、坂を降り始めた。

そのときだった。わぁ！　っという声が聞こえて、

「痛ててて！」

周辺に声が轟いた。

由布姫が、丹治の手首を捻り上げているのだった。

弥市は、慌てて坂道を降りて行く。足を取られそうになりながら、坂を下って由布姫と丹治のそばに着いた。

楽しんでいる由布姫と痛みに顔を顰めている丹治の姿があった。

「なにをしてるんだい！」

ついご用聞きの声音になってしまう。

「ち、ちょっとこのアマの手を外せといってくだせぇよ」

「お前、なにをしたんだ」

「はぁ？」

自分の味方ではないのか、という目つきで弥市を見る。そこで、この女の仲間だと気がついたらしい、ちっと舌打ちをすると、

「なんでぇ、仲間かい」

「おめぇ、馬鹿だなぁ」

「なんだと？」

「懐を狙ったらしいが、この人は小太刀の名人だぜ」

「ち……ふらふらと歩いているから、簡単だと思ったのに」

「それにしても、おめぇ、なんだって俺たちをつけてきたんだ」

「金だ。だからいっただろう。おかなしなやくざに金を恵んでいた。それだけ持っているんだと思ったからだ」

「それで、襲ったっていうのかい」

「女だと思って、油断したぜ。次はこんなどじは踏まねぇ」

「馬鹿だな、お前は。根っからの馬鹿だな。死んで焼いても治らねぇな」

「ち……なんて言い草だい」

飛魚というには、おそまつな丹治に、由布姫も弥市もあきれ返っている。

「飛魚さん……あなたは本当はなにを狙っているんです？」

「なんだって？」

「私のお金がほしかったわけではないでしょう？」

「なにぃ？」

それまで痛がっていた丹治の顔が、かすかに変化した。目が光ったようだったのである。

「あなたは誰です？　わざと捕まったんでしょう」

「馬鹿なことというねぇ」

弥市は、驚いて由布姫の顔を見つめ続けて、次に丹治を睨んだ。丹治は、なにかいいたそうな顔だが、ふてくされた様子とはまた異なり、目を細めながら弥市を睨み返した。その目を見ると、とてもただの馬鹿とは思えなかった。

「どうなってるんです？」

この男の正体を見破れず、馬鹿は自分だったのかと呟いた。

四

あ……。

あれは、お多美ではないか。

しかし……。

どこから見ても、人妻だった。

買い物にでも行く途中なのだろうか、それともなにかの使いか。風呂敷包みを抱えながら、楚々とした足運びで、下から坂道を登って来るお多美の姿を丈太郎は、捉えていたのだ。

「誰かの妻になったのか……」

なんともいいようがなかった。

考えてみたら、あれから三年。それまで縁談があったとしても不思議ではない。

別れたときのお多美はまだ子ども顔だった。頰が豊かでふっくらしていた。だが、
遠目から見てもその頰が少し瘦せて、すっきりした大人顔に変化している。

苦労しているせいかもしれない、と丈太郎は心で呟いた。

「それも、自分勝手な思いか……」

幸せな毎日を送っているかもしれないではないか。頰が瘦せて、大人の顔になったのは成長したからだ。

その証拠に、歩き方はきびきびしている。

——声をかけようか、どうする？

迷った。

どうしたらいいのだ？

お多美に会って、あの洋太郎殺しの真実を明らかにしたい、と思って戻って来たのだ。

せっかく思わぬところで逢えたのではないか。

——声をかけろ！

心が叫んでいる。

──やめろ！　人妻なのだ、簡単に声をかけていいわけがない。

別の心が諭している。

だが心よりも体が先に動いていた。

足が自分のものではないように感じた。

坂道を駆け下りて、あっという間にお多美の前に立っていた。

「お多美ちゃん……」

「あ……丈太郎さん……」

お互いの顔は一刻ほども動かなくなるのではないか、と感じた。

「よかった」

丈太郎は、絞り出すように言葉を吐き出した。目の前のお多美はなぜか、目が泳いでいる。

「あの……」

そのとき、丈太郎は気がついた。

──お多美ちゃんは、人妻になったんだ。

「奥さんになったんだね」

「……………」

お多美は、答えない。

唇が震えているのは、なにかいいたいのだが言葉が出てこないからだろうか。まぶたまでも震えているように見えた。

体全身が震えているように見えた。心も震えているようだった。

「いいんだ、いいんだ」

なるべく気持ちを軽くしてあげたいと思った。

「奥さんでは、あまりよそ者と話などをしたら困りますね」

「やめてください」

体が固まっているようだった。

顔も固まっているようだった。

すべての時が固まっているようだった。

「奥さん……いつ?」

いつ祝言したのだと訊いているのだが、なにを目的として話しかけているのか、丈太郎は自分でも意味不明な質問だと思う。

「すみません、いつ祝言をしたのか、と訊きたかっただけでして、へい」

わざと以前の同心言葉ではなく、いま、身をやつしているやくざのような言葉遣いに変えた。もっとも、いまではそのほうが喋りやすい。

自分は、身も心もやくざになってしまったのかもしれない。

そうだ、己はただの流れ者ではないか。公の道中で人の妻になった人に声などかけてはいけなかったのだ。

「奥さん、失礼しました」

丈太郎は、踵《きびす》を返して坂道を下って行く。

あまり早く降りて行くので、下から登って来る旅人の集団とぶつかってしまった。頭を下げることもわすれて、丈太郎は坂を下って行った。

残されたお多美は、茫然とその場に突っ立っている。

まさか、自分が井野原斎太夫の妻になったとはいえなかった。いえるわけがない。いまの夫は、丈太郎を日光の町から追い出した張本人だ。そんな男と自分が祝言を挙げていたと知ったら、丈太郎はどんな気持ちになるだろう。

それを考えたら、とてもいえるものではない。

「でも……いつかは知られる」

この町にいる限り、真《まこと》をすぐ知ることができるだろう。

そのとき、丈太郎はどんなことを考えるだろう。

不実な女と思うだろうか。

丈太郎とは、祝言の誓いをしたわけではない。だけど、暗黙の約束はしていたと思う。

「私はそれを反故《ほご》にしてしまった」

それも、丈太郎が逐電《ちくでん》してから、一年とたたない間のことだった。

仕方なかった、とはいえない。

言い訳はしたくないのだが、あのときは、井野原の妻になるしか逃げ出す道がなかったのだ。お多美はそのように自分に言い聞かすしかない。

丈太郎が消えたと教えてくれたのは、井野原だった。そばに三吉がいた。珍しく、三吉は数歩下がって井野原との会話には交わらずにいた。普段なら、いろいろ嫌味な言葉を吐き出してくる三吉が離れているから、どうしたのか、と気になっていたら、

「丈太郎が逃げたぜ、これで野郎は秘密を持ったまま消えたということだな」

井野原は、お多美の前でそういった。

いかにも残念だという顔つきだが、それは本心ではないだろう。だが、そんなことはお多美には問題ではなかった。丈太郎が自分の目の前から消えたという事実のほうに、頭をがんと殴られたような気持ちになっている。

「でも、日光から逃げろといったのは」

「あぁ、俺だよ。だけどな、それは試したんだ」

「試した？」

「あぁ、本当に下手人に関わりがねぇのなら、このまま日光にいて真の下手人を探すはずだ。それが逃げたということは、なにかやましいものを持っているからに違ぇねぇ」

「逃げずにいるかどうかを試したと？」

「そんなわけだ」

井野原は、そういってお多美をじっと見つめる。その目には好色な色が隠れていたのだが、そのときのお多美にはそれを見破るだけの気力がなかった。

「ところで、あの匕首はどうしたい？」

「匕首？　井野原さんが持っているのではありませんか？」

「それがなくなったんだ」

「どうして？」

「それがわかれば苦労はねぇ。あんたが持っているのかと思ったんだがな」

「どうして私が？」

「あぁ、持っていねぇか。としたら丈太郎が持ち出したということだな。これはやはり、あんたのいうように、下手人は丈太郎だったのかもしれねぇなぁ」

「それは違います」

「あんた、最初は丈太郎がやったといったんじゃなかったかい?」

「それは」

「初めは、本当のことをいっていたが、丈太郎とあんたは恋仲の間だ。このあたりじゃそのことを知らねぇ者はいねぇ」

お多美は答えない。ふたりの間柄と、洋太郎が刺されてしまったこととは、関係がないのだ。

「それは嘘です」

「あとで、考えて嘘だと答えたんだろう」

「違います」

井野原は、何度も念を押した。

「丈太郎が匕首を持って逃げたのは、それが証拠品になるからだ。俺たちが気がついていねぇなにか、証拠になる印でも匕首についているにちげぇねぇ」

「そんなことはありません!」

必至で叫んだ。

あの匕首には、洋という文字が刻印されている。それについては、井野原も三吉も気がついていたはずだ。それ以外、証拠になるような印などはまったくない。

「どうして丈太郎さんは匕首を持って行ったのでしょう……」

「それをおめぇさんに訊きてぇんだ」

「本当に知りません。第一、丈太郎さんが日光から消えたという話も、たったいま井野原さんから聞かされて知ったところです」

本当か、という目つきで井野原の後ろに控えていた三吉が前に出て来た。

「そんなことをいっても誰も信用しねぇぜ」

いつもの嫌味な顔つきだった。蝮がそばにいるような気持ちになったお多美は、

「あんたには関係ないでしょう！」

思わず、叫んでいた。あまり他人にそのような暴言を吐くようなことはないお多美だった。

「おっと、これはこれは」

驚きながらも三吉は、ひひひと笑いながら、

「そんな普段とは違った言いぶりをするというのも、なにか隠しているからじゃねぇ

んですかい？」

「冗談ではありません」

「そうかねぇ……」

　まとわりつくような眼で、三吉はお多美を睨みつける。

「まぁいいだろう。とにかく丈太郎が逃げたからには、洋太郎さん殺しの件はこれで落着ということにするしかねぇんだ」

「………」

「ほら、おめぇさんだって、あまり大騒ぎしたくねぇんだろう？」

　はっはは、と笑いながら、井野原はお多美の肩に手を置いた。

「まぁ、悪いようにはしねぇよ」

　すべて知ってるから安心しろ、とでもいいたそうな雰囲気を出して井野原は戻って行ったのだった。

　それから、井野原のお多美に対する口説《くど》きが始まったのである……。

五

丹治は、ふてくされた顔から、少しはまともな顔つきに変化していた。さっきまでのしょぼくれた面相ではない。由布姫が、お前は誰だと訊いたのももっともな話だった。

「誰だ、と問われても……」

丹治は、飛魚といわれる由来を知っているか、という。そんなことをこの三人が知るわけがない。弥市は、やはりお前は馬鹿だといいながら、

「なんでぇ、なんでぇ、そんな偉そうな面《つら》をしやがって」

「おっと、このおかたはおっかねぇなぁ。江戸っ子は気が短いとは聞いていましたが、本当ですねぇ」

「なにぃ？」

口を尖らせたまま、弥市は丹治に襲いかかろうとした。

だが、あっさりとそれを躱《かわ》されて、たたらを踏む。

「てめぇ、ただの馬鹿じゃねぇな」

「だから、飛魚だって」

「なんだってんだ、それは」

「ときどき、空を飛ぶんですよ。それが普段みんなに見せている姿でね」

「なんだがわからねぇなぁ」

弥市は、なにがいいてぇのだ、とぐいを顔を寄せる。

「親分、そんなに近づかねぇでくださいよ」

「なにぃ？」

まさかご用聞きとばれていたのか、と弥市は身構えた。だが、違ったらしい。

「親分が嫌なら、兄貴にしましょう。兄貴、そんなにおっかねぇ顔はやめてくださいよ」

ちっと舌打ちをして、弥市は千太郎を見つめる。

「ははは。ようするにこの男がいいたいのは、普段は海の上を飛んでいるように見せているだけで、本当は海のなかに真の姿を隠しているといいたいのであろうよ」

「おや、さすがですね、こっちの旦那は」

さも心安そうに、千太郎に近づき、

「旦那……なんだかそのあたりにいる侍とは違うような趣ですが……ははぁ……どう

せご大身の部屋住みのごくつぶしだな？　でなければそんなのほほんとした面はしていねぇや」

「てめぇ、なんてことを」

丹治の言い草に、弥市は目くじらを立てる。

由布姫は、笑いながら三人のやりとりを聞いていたが、丹治さん、と呼びかけて、

「あなたはこそ泥でしょう。掏摸《すり》ならもっとうまくやります。それに本当は、私たちに近づきたくてあんな真似をわざとしましたね。目的はなんです」

「おや、ここにも頭のいいお姫さまがいましたぜ」

お姫さまという言葉に、千太郎と由布姫はぎょっとしたが、

「どこぞ江戸の小町姫らしいが、まぁ、そんな男勝りじゃぁ、男にもてませんぜ」

「よけいなお世話です」

つい、由布姫も言い返してしまった。

この丹治という男、なかなかどうして食えない男らしい。

「お前は、へたな密偵だな」

千太郎が看破した。

「はい？」

「お前、あの丈太郎という男に目をつけていただろう。あの者になにか裏があるのか？」

「……そこまで見破られたとしたら、しょうがねぇ。本当のことをいいますかねぇ」

「密偵だってぇ？」

弥市は、大袈裟に驚いている。こんな馬鹿な野郎がどうして密偵なのだ？　密偵といえば、千太郎も同様だ。

「じつは、宇都宮藩の者でして、へぇ」

丹治は、飛んでいるときはけちなこそ泥という顔を見せておいて、裏ではいろいろ怪しいできごとを探っているというのだった。

「怪しいとはなんだい」

「へぇ……日光同心だった男で、村雨丈太郎という者がいました」

「丈太郎？」

「へぇ、旦那がたが近づいている男です」

「あの野郎、やはり同心だったのかい」

弥市は、空手を振る。

その仕草に丹治は、ふと首を傾げて、

「兄貴……その手は、十手を振る姿に似てますが？　ははぁ……これはこれは」

「なにが、これはこれはだ」

「親分、と呼んだときに目が泳いでいましたが、いまその謎が解けましたぜ。ひょっとしたら、本当にご用聞きの親分さんですね？　これはおみそれいたしました」

「…………」

　どのように応じたらいいものか、弥市は思わず千太郎に助けの目を向けた。だが、千太郎は知らぬふりをしたままだ。

「……おれが親分だって？　馬鹿抜かせ」

「おや、違いましたかい？　これは、あっしの目も曇ったかな」

　にやにやしながら丹治は、弥市を見ている。

「そんな気持ちの悪い目で見るな」

　まぁ、いいやといいながら丹治は。今度は千太郎に体を向けて、

「村雨丈太郎という男のことを聞きてぇですかい？」

「なにか知ってるのか」

「へへへ。あっしは野郎を探っているんでさぁ」

「ほう」

「それは、ほれ、最初から正体をばらしたら負けですから。命張ってますからね」

「そうは見えぬが、まぁいいだろう」

話を聞こうか、と千太郎は周囲を見回す。こんなところで立ち話をしていても仕方がない、といいたいのだ。

丹治が、この先にちょっとした休み処がある、といった。指先を見ると、二荒山神社に続く道の途中に古めかしい建物があった。そこに行こうと丹治はいうのだった。

このあたりの土地鑑があるように見える。

弥市は、丹治を胡散臭そうに見る。

「兄貴、そんな目で見ていると、目つきがどんどん悪くなりますぜ」

「やかましい」

「もっとも、あまりいい仕事はしていねぇようですからねぇ」

「なんだと?」

おっとと、といいながら丹治は、逃げて坂道を登って行った。しかたなく、弥市が続き、千太郎と由布姫も追いかけた。

二階座敷に座ると、丹治がいきなり喋りだした。

それによると、丈太郎は人殺しだという。三人は、お互い顔を見合わせるしかない。

「人殺し？」

特に由布姫は、そんなばかなと呟いた。なにしろ、腹をすかしているところを同情して金子《きんす》を財布ごと渡してしまったのだ。その相手が人殺しだとなると、騙されたようなものである。もっとも、半分は騙されるのを覚悟の上だったのだが。

「それは、おかしいですねぇ。人殺しだとしたらどうして、あのように堂々と顔を出して歩けるのでしょう」

「そこに、あっしが出て来ます」

「なんだい、もったいぶりやがって」

弥市は、どうにもこの丹治が気に入らないらしい。特に、飛魚などという意味不明の二つ名など持っていることが、気に入らないのだ。

「そんなことより、話を進めろ」

「へぇへぇ、だからそんなに怒るのは、体に悪いですぜ」

うるせぇ、とふたりは喧嘩ばかりしている。

そこから、丹治の一人しゃべりが始まった。

丈太郎の苗字は村雨といい、日光同心だった。

お多美という小間物屋の娘と恋仲だったのだが、その兄が誰かに刺されて死んでしまった。

それを、井野原という与力は千太郎がやったことだと判断してしまったらしい。もっとも、最初にお多美が、刺したのは丈太郎だと答えてしまったのだから、反論する余地がない。

それでも、これといった証拠があるわけではなく、取り敢えずは放免となったのだが、それで、話は終わらない。

井野原は丈太郎に、お前がここにいたら、いつまで経っても疑われるぞ、と脅かした。

「しょうがねぇと考えたんでしょうねぇ、丈太郎さんは、逐電してしまったんですよ」

「それは、おかしくねぇかい？　どうして放免されたのに、逃げてしまうんだい。間《ま》尺《しゃく》に合わねぇじゃねぇか」

「そこなんでさぁ。三吉という嫌味な手下が、本当は丈太郎本人がやったから逃げたんじゃねぇか、と言いふらしています」

「それでは、逃げる理由にならねぇぞ」

岡っ引きの勘だ、といいたいのだろうが、身分を隠しているから、そこまではいえない。口を尖らせて、おかしいおかしい、と言い続けている。

それに対しては、千太郎も同じなのだろう、なんとなく釈然としない顔をしている。

由布姫も同じように、いつになく真剣な顔つきだ。

なにしろ自分が助けたつもりの相手が、人殺しだと判明したのだから、内心、穏やかではないのだろう。

「いまの話は、間違いねぇのかい」

弥市は、千太郎と由布姫の顔を見ながら、確かめる。

丹治は、本当の話だと頷いた。

「こんなところで、嘘を言っても、一文の得にもなりませんや」

いわれてみたら、そのとおりだ。嘘をいったらいったで、それだけ三人から馬鹿にされてしまうだけである。

弥市は、丹治をじっと見つめながら、十手を持っているような手の動きをさせて、

「それはそうだが、で、お前はどうしてそんなことを知っているんだい」

「ですから、それは密偵だからですよ」

「それは、本当のことかい」

「嘘なんかいっていませんや。この顔を見てくださいよ」

顔をぐいと弥市の前に差し出した。

「おめぇの顔なんか見ても、わかるかい」

息が臭かったのか、弥市は顔を顰めた。

そんな仕草に笑いながら、由布姫は念を押した。

「本当のことなら、丹治さんはどうしたいと思っているんですか」

「じつは、丈太郎が本当にやったのかどうか、それを確かめるのが、あっしの役目なんでさぁ」

「それなら、さっさと捕まえて、調べたらどうなんだい」

「そこで、問題です」

「なに？」

「いえねぇ、問題があるからお三方に助けてもらいてぇと思ってこんなところに来てもらったというわけでして、へぇ」

丹治はまったく悪びれずに頭を下げる。そんなことで騙されねぇぞ、と弥市はふんと鼻を鳴らしてから、

「本当のことをいわねぇと、いままでどおり、馬鹿の丹治、馬鹿丹、と呼んでやるぞ」

　そんな呼び方などしたことはない。だが、弥市は千太郎がいいそうな科白《せりふ》で丹治を煙に巻いた。

「馬鹿丹？　まぁアホ丹よりはいいです」

「いいから、その問題とはなんだい」

「村雨丈太郎と恋仲のお多美さんから攻めてみようかと思っていたんです。ところが、ある人の内儀になってしまっていたんでさぁ」

「それがどうして問題なのです？　それと、どうしてそんなに宇都宮藩が丈太郎さんのことを調べているのです」

　由布姫が問うと、

「はい、うちの藩では日光の奉行所のなかで、なにやら不正がおこなわれているのではないか、という噂がありまして、それで内密に調べていたんですがね。その探索の相手というのが、そのお多美の旦那になっていたんです」

「それが、どうして調べるわけにはいかねぇのだ」

「その旦那は、日光奉行所の与力なんですよ」

そこまで聞いていた千太郎は、ううう、と唸り声を上げだした。

「旦那？」

心配そうに、弥市がどうしたのかという目つきする。

六

「困った……」

どうしたらいいのだ、と丈太郎はひとりごちる。

いま、丈太郎は二荒山神社の前にある、林のなかにいた。表通りから少しはずれたところなので、あまり人の姿はない。

道端にある、壊れたような止まり木の前に座りながら、煙草を取り出して、一服つけだした。

「なにか考えるときには、煙草が一番だぜ」

煙を吐き出すとともに、なにかいい塩梅《あんばい》に策が浮かんで来ることがある。日光同心をしていた頃からの癖だった。

煙草は国分《こくぶ》だ。安い葉ではない。せめてこれくらいはいい物を吸っていたかった。

ぽんと煙管《きせる》の先をそばにあった石に叩きつけてから、ぷわぁと最初の煙を吐き出した。

神社への参詣客がときどき誤って、近くまで来たが、道が違うと気がつくとすぐ離れて行く。

菅笠の集団が一度、そばまで来た。やはり元の道へと戻って行った。その後ろ姿を見ながら、丈太郎は煙を吐き続ける。

人妻に言い寄ることなどできない。

といって、どうして井野原などと一緒になったのか、それは訊いてみたい。

あのとき、日光から逐電《ちくでん》したのは、ある意味、お多美のためでもあったのだ。それなのに、どうして井野原などと祝言を挙げたのか。

詰め寄ってみたところでもう遅いのは、わかっている。

だが、いまのままでは、どうにも気持ちが収まらない。

文句をいいたいわけではない。

どうして、そういうことになったのか、それを知りたいだけだ。

苦しい……。

お多美とそんな会話をしなければいけないかと思うと、胸が締め付けられる。

だからといって、このまま日光からまた離れるわけにはいかない。

洋太郎を刺した下手人はいまだに挙がっていないのだ。

「もしかしたら、あの井野原がやったのではないのか？」

お多美を口説くために、自分の内儀にするために、丈太郎をはめるために井野原が自作自演をしたのではないか？

そこまで疑ってしまう。

前には、誰かが父親の部屋にかくれていたのではないか、と疑った。だが、あまり現実的ではないと気がついた。隠れていたとしても、逃げるとき、周囲の町人たちに目撃されているはずだ。

そのような証言が出なかったということは、誰もいなかったからだろう。

それなら、井野原が殺したと考えるほうが、まだましである。

「あり得ない話ではない……」

井野原ならやりそうだ。

しかし、動機が見つからない。

井野原と洋太郎の間で、揉め事があるとは聞いたことはなかった。第一、そんなに懇意にしていた節《ふし》はないのだ。

なにか隠れた原因があったとしても、本当にそこまでやるだろうか？

そうだ、井野原はお多美に惚れていた。

奴の気持ちは、丈太郎もお多美も気がついていた。

だが、自分たちがしっかりしていたら、あまり関係はない、と思っていたのである。

そんなときに、あの洋太郎殺しが起きた。

井野原は心のなかで、喝采を叫んだに違いない。

「井野原に、はめられたのか？」

それとも、本当に洋太郎は誰かに刺されてしまったのか？

事実をはっきりさせるために、戻って来たのだ。

それには、お多美と話をしなければいけない。ここで、悩んでいても仕方がないだろう。とにかく会う……。

丈太郎は、決心した。

井野原の住まいは、奉行所のなかにある組屋敷だ。お多美を呼び出すためには、そのなかに入らないといけない。そんなことをしたら、お多美は周りから興味の目にさらされることになってしまうだろう。

それはできない。

では、どうする?

待つしかない。

そうだ、待とう。

いままで、三年待ってきたのだ。数日待つことなど、たいしたことではない。

気持ちを決めると、丈太郎は心が軽くなった。少々の難題はいつだって乗り越えてきたのだ。

前回、お多美が歩いていた場所で待っていたら、また来るのではないか。

風呂敷包みを持っていたから、ただの使いでしかなかったという可能性もある。もしそうだとしても、買い物には出かけるだろう。

そのときに、奉行所の組屋敷を出て町のなかを歩くはずだ。

それを待ち伏せしよう。

丈太郎が、先日出会った場所で待ち伏せをし始めてから、三日過ぎた。

まだ、お多美と遭うことはできなかった。

それでも、丈太郎は諦めない。

ここで、諦めてしまっては、いままでの苦労が水の泡だ。

待つ……。

己の心に言い聞かせながら、それから二日経った。

「来た……」

黒紋付に、萌黄《もえぎ》色の博多献上の帯。

赤い鼻緒の草履を履いていた。

前回と同じく、紫色の風呂敷包を抱えていた。

「丈太郎さん……」

お多美の前に進み出ると、足を止めて呟いた。驚いた様子はなかった。いつかこうなると予測していたらしい。

「お多美ちゃん……いや、お多美さん、いやさ、奥さん……」

次第に、相手は人妻だという気持ちが丈太郎のなかで膨らんでしまった。もっと砕けた言い方があるのではないか、と思いながらつい硬い言葉になる。

「待っていたのですか?」

自分が組屋敷を出るのを、待っていたのかと訊いているのだ。目がかすかに潤《うる》んでいるのは、うれしいのだろうか。

だが、丈太郎の態度はへりくだっていた。

腰を屈めて、頭を下げ顔を見ていない。

「奥さん、こんなところで足を止めさせてしまって、申し訳ねぇ」

「なにをいうのです。ここではなんですから」

お多美は先に歩きだそうとした。

「どちらへ？」

「私が懇意にしている場所があります。そこなら誰にも見られません」

「いえ、人妻のお方とそんなことはできません、ここでけっこうです」

「…………」

「ちと、お訊きしてぇことがあるだけですから」

「それなら、なおさら他人の目があるところでは……」

「いえ、それは……」

ふたりの目が合った。

なにかいいたそうな瞳が交差する。

だが、お互い口に出してはいけない、と知っている。そのために、交差した瞳がまた離れる。

「とにかくここでは……」

お多美はそう言うと、丈太郎の答えを聞かずに、歩きだした。

「では、神社の境内にでも」

「そうします……」

ふたりは、坂道を登って行った。

その先にあるのは、二荒山神社である。

けーんとなにかの鳴き声が聞こえてきた。

参詣客のなかを、ふたりは静かに歩いた。

春にはまだ遠い、柔らかい日差しがふたりの影を作った。

林のなかに作られた止まり木が目に入った。なんの鳥だろうか、つがいが止まっていた。

それを、お多美は見ながら足を止めた。

「うらやましい……」

「はい？」

「あの鳥たちです」

「…………」

丈太郎は、どう答えたらいいのか言葉が出てこない。

お多美と井野原はうまくいっていないのだろうか。それとも別の意味が込められているのだろうか。丈太郎には、判断できない。

「鳥はつがいになったら、絶対に離れないといいますね」

「そうなんですかい」

「知らないのですか？」

「あっしの生き方のなかに鳥との関わりはなかったんで」

「まぁ……」

ふっとお多美の頰に笑みが浮かんだ。だが、すぐまぶたが閉じられた。

大きくため息をつくと、ようやく歩きだした。

「どうしたんです？」

心配した丈太郎が後ろから問うと、

「丈太郎さん……いえ、村雨さま」

「奥さん……その名前は捨てております」

「どうして、そんな他人行儀なんです？」

つと、お多美の体が丈太郎に傾きそうになった。

丈太郎は足を引いて、ふたりの間に距離をつくる。

それを見て、お多美の目がまた閉じられた。

その瞼の間からは、涙が流れているようだった。

丈太郎は涙に気がついたが、知らぬふりをする。ここで情にほだされてしまってはとんでもないことになってしまう。

それでなくても、丈太郎は人を殺したかもしれない男と見られている。殺しをごまかすために逃げたと思われている。

ここでお多美の気持ちを受け止めてしまったのでは、人殺しの上に、不義密通を働いたと思われてしまっても仕方がない。

自分はいい。

だが、お多美がそれでは窮地に陥ることだろう。好きな女をそんな目に遭わせるわけにはいかない。

「井野原さんは元気ですかい？」

「…………」

お多美は答えたくないようだった。

顔を顰めている。丈太郎はそれを見なかったことにした。そんな表情をするということは、あまり幸福ではないと思えた。だが、それを口にするわけにはいかない。

「どうしてそんなことを問うのです？」

「いえ、ただ、あっしはお多美さんが楽しく暮らしていてくれたらそれでいいと思いまして」

「そうですか」

それから、お多美はほとんど口を開かなくなってしまった。

二荒山神社の参道をふたりは進んだ。

杉の木が左右に伸びている間を、ただ黙ったまま歩いた。

ふたりの心には、いろんな感情が流れている。だが、それを口に出すことはない。

山の上に来たからだろう、頰が冷たい。ときどき通り過ぎる風で手もかじかむほどだ。お多美は持っている風呂敷包みを抱え直した。

境内に入る前でお多美は小さな路地に入って行く。

「こちらのほうが人は来ません」

本殿の近くまで行ってしまうと、人が大勢いる場所で話をしなければいけない。それは避けたいふたりだ。

「わかりました」

ことさら、体を曲げていかにもお供している、という佇まいを作る丈太郎を見て、お多美はなにかいいかけたが、すぐやめた。

木漏れ日が、薄い影を作る。

風に乗って、線香の香りが流れて来た。

「嫌いです」

お多美がいった。

「はい？」

「この香りです」

「あぁ、線香の匂い……」

「お葬式を思い出します」

洋太郎を思い出しているのだろうか、お多美は鼻を手で押さえながら速歩で匂いから逃げようとする。丈太郎は、慌てて追いかけた。

しばらく駆け足を続けていたが、途中で足を止めた。

松林のなかだった。

「この先に、小さな小屋があります。そこに入りましょう」

「へぇ」

腰を曲げながら丈太郎は、答えた。

それほど歩かなくても、小屋らしきものが見えてきた。丸太で組まれているだけの簡素の小屋だ。

「知り合いが使っている炭小屋です。いまはあまり使っていないようなので、人が来る心配もいりません」

「それは都合がいい」

いってから、いえ、おかしな意味ではありません、と頭を下げた。

「いつから、そんなやくざな言葉遣いになったのですか」

「ここを逃げ出してから、すでに三年経っています」

「その間にいろんなことがあったということですか」

「まぁ、そういうことです」

「私に会いに……いえ、日光に戻って来た理由はなんです？」

「それは……なんとか、洋太郎さん殺しの謎を解きてぇと思いまして」

「三年も過ぎてからですか？」

「それは……」

「三年は短いようで、長い……」

「へぇ」

「見たとおり、その間にいろいろ変化しました」

「知っております」

「それなら、どうして戻って来たのです。私のことは知らなかったのですか？」

「ここに着いてから、いえ、前回逢ったときに知りました」

　お多美のことをいろいろ調べて歩いたことはいわずにいた。

「あの匕首はまだ持っているのですか？」

「もちろん……あれは証拠品ですから」

「捨ててください」

「しかし……」

「もう、いいのです。兄の件は忘れてください。丈太郎さんを傷つけたのは、申し訳ないと思っています。でも、もう三年です。三年過ぎたら人の気持ちも変わり、人の付き合いも変わります。ですからもういいのです」

「だったら、本当のことを教えてもらいてぇ」

「本当のこと？」

「あっしを下手人にしたこと。この匕首は誰が使ったのか。本当は誰が刺したのか。

あのときなにがあったのか……」

「忘れてください」

「そうはいかねぇ。匕首を持って逃げたのは戻って来たときに、これが証拠になるからと考えたからだ。ここでそれを忘れてしまうわけにはいかねぇ」

「私のために、捨ててくださいといってもだめですか？」

「奥さんのために？」

「そうです、私のためです」

「どうして、そういうことになるんです？」

「……それは」

「それは？」

「いえません」

お多美はそういうと、目を伏せた。

その伏し目がちの顔には、これ以上虐《いじ》めないでくれと描かれている。

「わかりやした……。奥さんの力は借りません。自分ひとりでなんとか解決してみます。ただし、井野原さんには逢うことになると思いますが……」

涙を流しながら、お多美はもういうことはないという顔で、丈太郎を見つめるだけだった。

第四章　悪巧みの正体

一

湯葉《ゆば》は、あっさりとした味で千太郎が舌の上を転がしている。弥市は、銚子をもらってひとりで飲んでいる。

この店は日光でも老舗といわれる宮部屋《みやべや》という旅籠だ。その一階に店があるのだった。

三人は、丹治の斡旋でこの二階に部屋を借りた。

一緒に丹治も舌鼓を打っていた。

「やい、あほ丹」

「だから、その呼び名はやめてくれっていってるじゃねぇか」

目をむいて反論する。だが、弥市は続けた。

「とりあえず、この店がうまいのはわかったぜ。だがな、問題はあの丈太郎という人のことだろう。本当に殺したのかどうか調べるのが先だろう。それに、おめぇはまだほかにも仕事があるんだろう？」

井野原が関与している不正についてのことをいっているのだ。

「まぁ、そうですが、それより、井野原という与力に会ったほうがいいと思いますがね」

「与力か……」

ご用聞きから見ると与力は雲の上にいるような職責だ。自分に関わりのある人ならいいが、日光奉行所の与力となると弥市とは面識があるわけではない。

会って江戸のご用聞きだとばれるのもあまりいい気持ちはしない。

ふたりの会話を聞いていた千太郎は、箸を置いて、

「まぁよい。そろそろ出かけよう」

腹がいっぱいになった千太郎は、由布姫に声をかけた。弥市は、慌てて残っていた銚子を傾けて杯に、なみなみと注いで一気に飲み干した。

丹治は、意地汚くまだ喰い続けている。

「早く来い！」

弥市が丹治の首根っこを押さえて持ち上げた。

「いてて、行きます、行きます。いま行きます。すぐ行きますから」

ととととっとたたらを踏むような恰好で、階段まで連れて行かれ、押し出された。倒れそうになりながら、丹治は階段を片足で降りて行く。

「ひでぇなぁ」

文句をいう丹治に弥市はうるせぇ、と頭を張り倒した。

「おめぇはこれから俺の手下だ」

「そんな、あっしは宇都宮藩の……」

「やかましい。こっちは、将軍様のお膝元から来てるんだ。文句をいうなら江戸に連れて行って引っ括るぞ」

「そんなでたらめな」

千太郎と由布姫は、笑いながら階段を降りて行った。

街道は広い。人が歩いていてもちらほらとしか見えない。丹治に井野原は組屋敷かと問うと、そうだ、と答えた。

「ということは、奉行所のなかに入って行くことになるんですかい？」

弥市が不安そうな顔で千太郎に問う。

「そんな面倒なことはしなくてもいいだろう」

千太郎は、勝算があるという。

「見ろ、あの空を、日光の空だ」

「はい？」

弥市は、また始まったかという顔をしているが、丹治は慣れていない。なにが起きたのか、と空を見た。

「なんもありませんが？」

「ここはどこだ」

「……日光ですが」

「ならば、わかるではないか」

「……さっぱりわかりません」

「日光だぞ」

「どうやら、時間の無駄ですね」

由布姫が謎解きを始める。

「日光と、太陽をかけたのです」

「よけいわかりませんや」

「あなたは、本当に宇都宮藩の密偵ですか？」

「へぇ、まぁたぶん」

「とぼけた密偵ですねぇ」

由布姫は、口に手を当てながら、

「太陽はどんな土地でも、人でも照らしますね」

「……影ができるところは照らしませんが？」

「屁理屈をいってはいけません。陽光は奥州でも江戸でもこの日光でも、大坂、京でも、さらに九州でも、どこでも同じ光を与えてくれるでしょう」

「そういうもんですかね」

「ここまで教えてもわからないようですね」

「へぇ、さっぱり」

「いつもなら、このような話を聞くのは弥市さんの役目なのに……」

由布姫は弥市を見て顔を綻《ほころ》ばせる。弥市は、舌打ちでもしそうな顔をしているだけだ。由布姫のいうことは間違いないから反論もできない。だが、今日の弥市は違っていた。

「おめぇは本当に馬鹿だなぁ」

弥市の言葉に、丹治は舌打ちで返した。

「ようするに、日光だからこそ、偉大な太陽が燦々《さんさん》と降り注いで、おれたちの頭の上を照らしてくれるんだ」

「だから、なんです？」

「……お天道《てんと》さんは、どこに行ってもついてくるから、どんな難題が起きても、なんとか解決できるって千太郎の旦那はいってるんだ！」

「ははぁ……」

丹治は何度も頷いた。

やがて、不思議な目で千太郎を見つめると、次に由布姫に目を向け、

「おふたりは、やはり只者ではありませんねぇ。そんな会話をしてくれる人など周りには、ひとりもいませんでした」

弥市は、ふんと鼻を鳴らす。

「こんな人がいるのも良し悪しってもんだぜ」

聞こえるか聞こえない程度の声だったが、千太郎にはしっかり届いていたらしい。

「おやおや？　それは私たちがいては、はた迷惑ということかな？」

「そんなことはいってません」

「では、なんだ」

「もう、勘弁してくださいよ。詰め寄る相手は丹治だけにしてくだせぇ」

ことさら頭を抱えて弥市は、その場から逃げ出した。

「井野原には、お公《きみ》という妾がいますから、そこで見張ってみましょう」

ひとしきり笑いあってから、丹治が真面目な声をだした。

「そこに必ず来るのかい」

弥市の問いに、丹治は首を傾げながらも、

「まぁ、妾の家ですから毎日というわけにはいかねぇと思いますが。見張ってみるだけの価値はあると思います」

「確かに、そこしか井野原 某《なにがし》と出会う場所がないとしたら、それが一番だろうなぁ」

「なら、その女からも井野原について訊いてみたらどうでしょうか?」

由布姫がいった。

「男衆では、なかなか心は開いてくれないと思いますから、なんなら私が訊いてもいいかもしれませんね」

「それは妙案だ」

千太郎は、頷きながら、

「井野原がどんな男なのか、それを知るのは、女の目を通すのが一番だろうなぁ」

「あら、私を通しても千太郎さんのことは、すべてを答えることはできませんけどね」

「それは当然。雪さんは私の妾ではない」

「まぁ……」

そんなやり取りを聴きながらも、丹治は不思議そうにしている。

弥市が、どうしたのだと問うと、

「どうにも、このおふたりの間柄がよくわからねぇと思いましてね」

「なにがだ」

「許嫁のように見えるときがあれば、まったくそんな雰囲気ではなくなるときもありましてねぇ。あっしのいままで生きてきたなかでは、測ることができねぇ。それが腹立たしい……」

「馬鹿野郎、おめぇなんざにこのおふたりがわかってたまるかい」

「おやぁ、兄貴はわかるんですかい？」

「俺がわからねぇからいってるんだ」

井野原の妾が住んでいるのは、坂を降りて、鉢石宿の本陣のそばにあるという。

「粗末ではありますが、一軒家ですからねぇ」

丹治は、どれだけの金を井野原は持っているのか、といいたいらしい。

「与力は金がいろいろな店から入って来るから金持ちなんだよ」

「あれこれ便宜を図っているとは聞いていますが……」

いままでの調べでは、井野原はそれほど表立ってあこぎな動きは見せていないということだったが、それでもお多美を奥方にしておいて、妾を作るとは、ろくでもねぇ野郎だ、と弥市は息巻いている。

二

二荒山神社で別れた翌日。

神社の林のなかでの会話は堂々巡りだけで終わってしまった。

けーん、と鳥の鳴き声が聞こえた。

その鳴き声は、まるで自分の心のなかを表すように、嘆きが含まれているようだった。

それでも別れ際に、なんとかもう一度会ってくれと頼み込んだ。

井野原がお多美の動きを見張っているとしたら出て来るのは、大変だろう。だが、お多美は最後になってようやく頷いてくれた。

井野原は、近頃よく夕方からどこかに出かけているようなのだ、という。

おそらく、明日もいないだろう。

帰っていたら無理だが、帰りが遅いようだったら会いましょう、と答えてくれた。

逢う刻限は、夕七つと決めた。

場所は、奉行所のそばではまずいから、鉢石宿の本陣のそばにある店を指定された。

「そこは、私がいつも頼まれた仕立て物を届けに行くところです。ですから、よけいなことは詮索されませんから、安全です」

「それならいいのですが」

あくまでも、人の妻に逢うのだ。

「心配ごとが増えたら困ります」

「それは、大丈夫です。必ず行きますから」

「だけど……」

不安な顔を見せると、お多美はかすかに微笑《ほほえ》んで、

「大丈夫ですから」

お多美は、目に力を入れて答えた。その目の奥には、なにか覚悟のような炎が燃えているような気がした。

「奥さん……」

「その呼び名はやめてください」

「それは、無理ってものです」

「では、せめて名前で呼んでください。そうしないと、逢うのはやめます」

「……わかりました、では、お多美さん、明日……」

「はい、明日……」

そういって、ふたりは昨日、別れたのだった。

いま、丈太郎は鉢石宿、本陣前を歩いている。

そよ、と風が吹き抜けていく。

街道は、賑やかだ。

東照宮はどこかと、訊かれた。

教えてやると、次に訊かれたのは、神橋《しんきょう》はどこか、という問いだった。

神橋は、宿場から東照宮へ向かうところにある。

だが、旅の客は渡ることはできない。

その橋は、将軍が東照宮参拝に来たときしか、渡れないのだ。

訊いたのは、おそらくは大坂あたりから来たのだろう、上方《かみがた》言葉だった。

懐から大きな紙入れを出して、手を入れる。銭を払うから教えてくれ、というつもりだったらしい。

そんなものは、いらないと答えると、驚き顔をしている。

どうしてそんなことをいうのか、と訊いたら、前に道を尋ねたらこのあたりでは、銭を渡さないと、教えてくれないと答えられたというのだ。

「まさか、それは騙されたのですよ」

「そんな、あほな……」

太った大坂商人ふうの男は、頭を抱えていたが、そんな悪い奴らばかりではない、と丈太郎は、東照宮までの道をていねいに教えてあげた。そのおかげで、また、小遣いが増えた。

「ありがとう、ありがとう」

大坂商人はけちだというが、本当の金の使い方は知っているのだ、と答えた。

指定された店は、本陣から少し離れた路地を入ったところにあった。

店といっても、出会い茶屋のようなところではない。

普通の旅籠のようだった。

付近には、木賃宿もありけっこう大勢人が歩いている。

木を隠すには、森のなかという。

担ぎの商人や、大きな荷物を馬に載せて歩いている者、ひとりできょろきょろ今日の宿を探していると思える人たちのなかを歩いていると、目立ちはしない。

戸口から入って訪《おとな》いを乞うと、お多美は先に来て待っているとのことだった。

二階の部屋に案内される。

部屋は、四畳半と狭い。

それでも、家具調度などは置いていないので、広く感じた。

こんな部屋でふたりきりになったことはいままでないことだった。どこかぎこちなく挨拶を交わす。

「来てくれてありがとう」

先に、丈太郎が頭を下げた。

「この店には私が誘ったのです。こちらこそ礼をいいます」

こうやって目の前にお多美を見ていると、三年の月日が感じられた。

「いい奥様になりました……」

「そんなことはありません。あのとき私は……」

お多美の目には涙が流れている。

昨日から、お多美は泣き続けである。

「そんなに泣かないでください」

「どうしてですか?」

「私が困ります」

昨日までのやくざな言葉遣いが侍言葉に戻っていた。

「匕首は持ってますか?」

お多美が問う。その目は沈んでいる。

「もちろんです」

丈太郎は、おもむろに懐から取り出した。油紙でしっかりと包まれている。血糊の跡がくっきりと残っている。

「見ていいですか?」

「もちろん……」

お多美に油紙に包んだまま渡した。

「これですね……」

ていねいに、お多美は油紙を開いていく。

「なつかしい……」

柄頭《つかがしら》を見て、そう呟いた。

丈太郎は、匕首の柄頭をお多美に指し示した。

「この刻印は、洋太郎さんのですね」

「はい……」

「あのとき、私を下手人と叫んだのは、どうしてです？」

それが訊きたかったのだ、と目で訴える。

だが、お多美は答えずに、すぅっと膝を詰めた。丈太郎が座っている前に進んだ。

外から、物売りの声が聞こえてくる。

部屋のなかは、ふたりの息遣いが響いている。

「丈太郎さま……」

「奥さん……答えてください」

「その呼び名はやめてくださいといいました」

「では、質問を変えましょう。どうして井野原と一緒になれたのです」

お多美は、商人の娘だ。それが与力の井野原と祝言を挙げるにはそれなりの手続きが必要になる。

「はい……」

それに対して、お多美は同じ与力の、道角同右衛門《みちかどどうえもん》が後ろ盾になってくれた、と答えた。

道角同右衛門は、与力仲間の間でも、まじめ一方の男として認められていた。

「一度、道角さまの娘になりました」

「なるほど……」

よくある手である。

一度、武家の養女となりそこから嫁ぐのだ。

お多美は匕首をじっと見つめている。

なにか思い出しているようだったが、丈太郎にはそれがどんな内容なのか想像がつかない。

「あの……」

七首から目を離して、お多美は訊いた。

「丈太郎さんは、どうして戻って来たのです」

「奥さん……いえ、お多美さん、もちろん真の下手人を探すためです」

「やめてください」

「え？」

「いつぞやも頼みました。もう下手人探しはいいのです」

「それは、聞いていますが。洋太郎さんを殺した人を見つけたいとは思わないのですか？」

「……三年経ちました」

「………」

「三年は長いのです」

「わかっています」

「その間に、いろいろ事情が変わっていることもあります」

「それはそうでしょうが、だからといっていまのままでは、洋太郎さんが浮かばれません。下手人が誰なのかわからずじまいです。それに、世間では逃げた私がやったことだろう、という偽の事実が蔓延しています」

「丈太郎さんには申し訳ないと思います」

「そんなことではありません」

またまた話は堂々巡りを続けるだけだった。

三

寒々とした女だった。

井野原の妾という御公と由布姫は会っている。

妾だというから、もう少し派手な匂いでもするかと思った。

さすがに、部屋のなかは脂粉の香りでつつまれている。それだけではない、香木《こうぼく》の香りもしていた。

この匂いは、白檀《びゃくだん》らしい。

それほど美人というわけでもない。

紅《べに》は差しているが、それほど顔を引き立てているふうでもなかった。

「井野原さんとはどこでお会いになったんです？」

由布姫の問いにも、まともに答えない。

返事ができないような会い方でもしたのか、と思ったが、

「忘れました」

「まさか」

「私、忘れっぽいんです」

目の前にいる女は、悪びれもせずにそんな返答をするだけである。

「では、井野原さんというのは、どんなおかたです？」

「そんなことより、どうしたあなたは、旦那さまのことをお訊きになるんです？」

「それは……」

お公は音曲《おんぎょく》を教えているということだったが、こんな人からは習いたくない、と由布姫は心で思っている。

廊下の外には、中庭が見えている。

もっと手入れしたらきれいになるだろうに、と思う。

雑草が、ぼうぼうに茂っているのだ。柿の木や、梨の木が植わっているから季節になると、それなりの庭になるのではないか。

だが、いまは枯れ木と雑草が、寂しい庭を見せている。

「あなたはなにをしに来たのです？」

訪《おとな》いを乞うたときには、弟子にしてくれと申し込んだ。ところが、いざ話を始めると、由布姫は井野原について尋ね始めた。

そこに、お公は不審感を持ったらしい。

千太郎と弥市は、丹治の案内で宿場をあちこち聞き歩いているはずだ。

この家を尋ねる前、丹治がいうには、この妾の家は周りの目をくらませるための場所ではないか、というのだった。

「目くらましとはなんだい」

弥市の問に、丹治は答える。

「不正を働く野郎たちとの会合の場に使ってるんじゃねぇかと……」

「証拠でも上がっているんかい」

「まだ、そこまで調べはいってませんが、あっしの目も節穴じゃありませんから」

自慢する丹治に、弥市は口を尖らせながら、

「まぁ、そういうことにしておこう」

そうして、由布姫はお公の家を訪ねているのだ。

「お公さん……」

なんです、と斜めから由布姫を見つめる。

「そんな目をしないで、質問に答えてくれませんか。井野原さんはこの家でなにをしているのです？」

「あなた、男が女の家に来てなにをしているもないと思いますが？　私は妾ですよ」

「出会いを教えてください」

「忘れましたよ。でも、まぁ、なんとなく覚えていることは、どこぞの縄暖簾《なわのれん》で会ったと思っていただいてけっこうですよ」

「縄暖簾？」

そんなところで出会って、いきなりお妾さんになるものだろうか。

由布姫の常識からでは考えられないのだ。

「本当ですか？」

「そんなことで、嘘をいっても始まりませんよ」

お公の返答を聞きながら、由布姫は部屋を見回した。

音曲の師匠というのは、そんなに儲かるのだろうか、というほど調度は高級に見えた。

桐箪笥に、欄間《らんま》は透かし彫り。

部屋を仕切る屛風《びょうぶ》には虎が笹の後ろからこちらを窺っている。

絵を描いたのは、狩野派《かのうは》の誰からしい。

それほど名のあるものではないようだが、それにしても値は張るはずだ。

衣桁《いこう》も漆塗りらしい。

障子が開いていて、となりの部屋が少し見えている。そこには、日光彫《にっこうぼり》の文箱《ふばこ》があった。

「あれは、日光堆朱塗《ついしゅぬり》ですね」

春慶塗《しゅんけいぬり》の一種であり、造りは堅牢として知られる。彫りが深く男っぽいとして知られているのだ。

しかも、日光彫は寛永《かんえい》年間宇都宮藩の戸田某が漆工を招き、日光に春慶塗を伝えたのが始まりともいわれる。つまりはこの家に宇都宮藩の者が出入りしているのではないか、という証にもなる。

堆朱塗りの文箱だけで、そこまで決め付けるのは早計かもしれないが、由布姫は心の内では間違いない、と結論づけていた。

「わかりました」

静かに由布姫は立ち上がった。

「なにがです」

いきなり由布姫が話を終わろうとしたことに、お公は不気味な思いをしたらしい。

だが、これ以上、あれこれ突っ込まれるのも面倒だとも考えたのだろう、

「お構いもしませんで」

確かに、お茶の一杯も出なかった。

そんなことはどうでも良かった。由布姫は、お公の家には宇都宮藩の者が出入りしているに違いない、と確信を得ることができたのだ。

お公の家から出て、周囲を見回す。

千太郎たちの姿は見えない。まだ、聞き込みに回っているのだろう。

由布姫は、約束をしていた泊まっている旅籠に向かった。

本陣の横にある路地を入った。

周囲には、木賃宿が多く建っている。

「こんな場所のほうが、人ごみに隠れることができますから」

そういって、丹治が教えてくれた旅籠だった。

周りの木賃宿とは異なり、構えなどもしっかりしている。

「ここなら、出会い茶屋の代わりにも使えそうですぜ」

弥市がそういって、にやついた旅籠であった。

その頃――。

千太郎と弥市は、丹治の言葉に従って、周囲の店を聞き込みに歩いていた。井野原がこのあたりに来ることがあるかどうか、調べてみたのである。

丹治は単独で動き、千太郎と弥市は一緒だった。

丹治の言葉によれば、井野原に浮かんでいる不正の疑いは、奉行所というより、宇都宮藩との間に広がっているのではないか、というのである。

「どうして、宇都宮藩が出てくるのか？」

千太郎の問いに、丹治は、

「井野原斎太夫の親戚が宇都宮藩にいるのです」

と答えた。

その親戚は、苗字は井野原ではない。

「石元小右衛門《いしもとこえもん》といいます」

石元は、勘定方支配という役職を利用している、というのである。

「力はあるということか……」

弥市が、頷きながら呟く。

「不正とはどんなことをやっているのだ？」

千太郎が問う。

勘定方が悪事を働くとすれば、藩の存続にも関わることだ。

「へぇ、二荒山神社へ行く途中に、炭小屋があるんですがね」

「それがなにか？」

「その炭小屋を持っているのは、六郎次《ろくろうじ》という炭焼きを商売にしている男です」

その六郎次は、炭を焼くのがなかなか得手だったらしい。

そこに、井野原は目をつけた。

その炭を、宿場の炭問屋の、上州屋《じょうしゅうや》が引き受けることになった。

「やがて六郎次が焼いた炭だけではなく、ほかの者たちが焼いた炭も売り買いするようになったんです」

「安くなるならそれでいいじゃねぇか」

弥市が、口をとがらせる。

「違いますよ……」

丹治がいうには、問屋が間に入っているように見せかけて、本当は六郎次だけではなく、ほかの炭職人たちを巻き込んで、直《じか》に取引をするようになったというのである。

「まぁ、最初は六郎次たちは直に取引ができますから儲かったんです。そこで、近在だけではなく、宇都宮界隈で炭を商売にしている連中も仲間に引き入れたんですがね、それがまやかしだったんでさぁ」

「まやかしとは？」

「最初だけ、いい目を見させて後からがっぽりと絞り取る……」

「それじゃ、あぶねぇ賭場と同じだ」

「そうなんでさぁ」

そんな会話を交わしたのが、四半刻前のことであった。

いま、千太郎は、例によって近所の茶屋に入って、茶屋女を茶化しながら、

「このあたりで一番持てる男は誰だ」

などと聞き込んでいる。

そのなかに、井野原斎太夫の名前が出てきたのである。

ときどき、女を連れて歩いているということであった。それだけではない、どこぞの藩士のような人と歩いている姿もどきどき見かけることができる、というのである。

「その人の紋所はなんだったかねぇ？」

弥市が問うと、真っ赤な顔をしながら、もじもじしている。

「なんだい？」

弥市に訊かれて、女は答える。

「そんなにぽんぽんと質問してくる人はこのあたりではいませんから……」

「だから、なんだい」

「粋だねぇ、と思いまして」

「なにいってんだ」

今度は弥市が顔を赤くする番だった。

「そんなことはどうでもいいから、質問に答えてくれ」

探索は、お手のものだ。すぐ聞き込みをする相手の懐に飛び込んでしまう。それに、のほほんとした千太郎がとなりにいるから、女たちは安心するらしい。

「四ツ目結《よっめゆい》でしたよ」

「四ツ目結、だな？　その人の名前までは知らねぇだろうねぇ」

「わかりますよ」

あっさりと答えられたので、弥市のほうが慌てて、

「そ、それはなんて名前の侍だい？」

「たしか、宇都宮藩の勘定方のおかたです。苗字だけしか知りませんが……」

「それだけでいい」

「石が上とか下とか……そんな名前でした」

――石元だ……。

千太郎と弥市は、目を合わせて頷き合ったのである。

四

「わかりました……」

丈太郎は譲歩することにした。

またまた、鳥の鳴き声が聞こえてくる。

その声は哀しい。

ものの哀れを感じさせるには、充分だった。

「丈太郎さま……」

「奥さん……」

「また、それを……」

「すみません、どうしても人の妻という思いが抜けません」

「それは、私も同じです」

「哀しい……」

何度も、匕首について語った。

だが、そのたびにお多美はもう調べるのはやめてくれ、と言い続けている。

「そうはいっても……お願いです。井野原がなにをしているのか、教えてください」

「といいますと?」

「あなたを脅しているんでしょう」

「それは……」

言い淀むお多美に、丈太郎は子どもを諭すような言い方をする。

「私も馬鹿ではありません」

「そんなことは思っていません」

「……あのとき、井野原が命じたのでしょう」

「なにをです」

「私が刺したといえ、と……なにか弱みでも握られているのですか?」

「そんなことは……」

ありません、という言葉を飲み込んだ。

その態度に、丈太郎はお多美がなにかを隠している、と確信した。

「奥さん……いえお多美ちゃん……」

「……やっと昔の呼び名に戻ってくれました」

「お多美ちゃん……昔のことを思い出してくれ、ふたりで楽しく過ごしたあのときはもう忘れてしまいましたか」

「そんなことはありません。一日たりとも……」

「忘れていないと？」

はい、とお多美は頷いた。

その白いうなじをみて、丈太郎はまた三年の月日を感じる。

もともと白く細かったうなじが、さらに細くなっているのだ。首から肩にかけては、まるで病人のようである。

丈太郎は、なんともいえない気持ちになった。

以前のことが思い出される。

お多美は若かった。丈太郎も若かった。いや、わずか三年前のことだが、そのくらい隔たりがあるということだ。

「丈太郎さん……では、話します」

「………」

「井野原が、いまなにをやっているのか、それを話します」

「どういうことです」

なんと、井野原は宇都宮藩の親戚と手を組んで、炭事業に関する不正を働いているのだとお多美は答えた。

その帳簿を自分がときどき運ばされているのだという。

「どうして井野原は自分で運ばないのです」

「さぁ、おそらくは奉行所の目を怖がっているのでしょう」

不正を働いていることがばれたら、切腹ものだ。

「はい、ですから仕立て物を届けているというのは、嘘なのです」

「嘘?」

「あなたが日光を出たときに、井野原はいいました。丈太郎が逃げたのは、やましいところがあるからだ。もし自分が本気になって追いかけたら今度は、逃しはしないし、きちんと洋太郎殺しの下手人として捕縛すると脅したのです」

「でも、私はやっていない。それはお多美ちゃんが一番知っていることではないのですか」

「そうですが……」

そこで、お多美はまた口を閉じてしまった。

「……そうか、あの洋太郎さんの殺しに関しては、裏があるんですね」

「………」

お多美の顔は真っ青になっている。

「なにがあるんです、教えてくれたら、なんとかします」

「だめです。兄さんのことに関しては、忘れてください」

「でも、井野原が」

「あの人がいうのは、ほうっておいてください。私がいうことを聞いたのは、丈太郎さんに逃げ続けてほしいと思ったからです」

「なんと……」

お多美の気持ちはわからないでもない。

「しかし……」

丈太郎は、そこであるとんでもないことに気がついた。

——あれは、お多美ちゃんがやったことなのではないか？

だから、兄の件は忘れてくれ、というのだろう。

匕首を捨ててくれというのも、そんな証拠になるものをいつまでも持っていてもらいたくないからだと思えば、言葉の裏が見えてくる。

——そうか……。

うかつだった。

そんな裏があるとは夢にも思ってはいなかった。

しかし……。

丈太郎は考える。

——丈太郎に罪を着せようとしたのは、なぜだ？

おそらくは、後で本当のことをいうつもりだったに違いない。だから、あんなおかしな物言いになってしまったのだ。

だけど、あのときはそこまで話をする余裕はなかった。

そうなったら、答えはひとつしかない。

「お多美ちゃん……」

「はい」

「よくわかった……」

「え？」

「匕首は捨てよう。それと洋太郎さんを誰が刺して殺してしまったのか、それに関しても忘れてしまおうと思う」

「本当ですか？」

「嘘ではない」

「でも、いままで反対していたのに、どうして？」

それについては、答えるわけにはいかない。

まさか、お多美が殺したことに気がついたからだ、とは死んでもいえない。本人が白状するというのなら別だが、その見込みはない。

もし、自分から言い出すとしたら、こんなときではないだろう。もっと、別の機会があるはずだ。

いや、そんなときは来なくてもいい。

お多美のことは己が守る。

丈太郎は、心に決めた。

「お多美ちゃん……ふたりで泥を飲もう。ふたりで、泥だらけになって、そして最後は楽しく暮らそう」

「でも……」

「井野原のことは、なんとかする」

「あの人はそうそう簡単に物事を諦める人ではありません」

「それは知っている。だけど、なんとかするしかない……」

「丈太郎さん……」

それまで、我慢していた情熱がお多美の心のなかで一気に駆け抜けた。

「お多美ちゃん」

ふたりは、しっかりと抱き合った。

「逃げよう、遠くに逃げるんだ」

丈太郎の言葉がお多見の耳をくすぐる。

「そうしたい……」

「やるんだ、どうしても。ふたりで力を合わせたらなんとかなる」

そのとき、丈太郎の頭のなかに、ある侍と娘の顔が浮かんでいた。

「ひょっとしたら助けてくれる人がいるかもしれない」

「そんな人がいますか？　私たちは不義を働いたことになるんですよ」

「そんなことを気にしないおおらかな人だ、いや、真実を見通す目を持っているように思える人だから、心配はいらない」

「でも……」

「私にまかせてくれたらいい」

「……わかりました」

五

お多美は、すべてを話した。

それによると、井野原がやっているのは、炭職人を使った不正が最初だった。

「あぁ、それであんなところに炭小屋があるのを知っていたんだね」

頷いてから、お多美は続ける。

「まずは、炭焼き職人を束ねることから始めました」

職人たちをまとめて、直に商売をすることができるようにした。もっとも、直にといっても、井野原が仕切るわけではない。

そこに手をつけたのは、宇都宮藩にいる石元である。石元は、井野原の親戚だった。叔父だという。

「どうして炭焼き職人を狙ったんです」

丈太郎はそれが不思議だった。

「それは、井野原が日光の山を警護しているときに、職人たちと顔見知りになることができたからです」

「なるほど……」

炭焼き小屋の職人たちが、問屋に儲けを持っていかれる、と嘆いている話を聞きつけた。

「そこから、井野原の企てが始まったのです」

最初は、おためごかしに、直で商売ができるようにしてやると持ちかけた。

初めは、そうやって職人たちは直に商人たちと取引をすることができていた。だが、職人が多くなってくると、自分たちでまとめることはできなくなったから、ある問屋に仲介を頼む、ということにした。

「それが、亀屋《かめや》という店でした」

亀屋の内儀は、なんと石元の妹だったのである。

都合よく石元が勘定方支配になったからということも、背景にあったのだろう。

「ようするに、職人たちをいいように利用して、石元と私腹を肥やしているということか……」

「はい」

それまでの炭問屋は、亀屋の傘下に入らないと商売ができなくなる。

さらに、ほかの店も、言葉巧みに誘って、石元に賄賂《わいろ》が入るようにしたのである。

そのうえ、帳簿をごまかして、問屋へ高く売りつけたようにみせかける。

「つまりは、藩の金子《きんす》を横領しているのです」

「お多美ちゃんの役割は？」

「私は、職人たちと折衝した金額の記帳を石元に見せるために運んで行くのです」

「それは、井野原が作っているんですね」

「はい……」

「で、その石元たちが集まる場所とは？」

そこで、お多美は一瞬、顔を曇らせた。

「井野原の妾がいる家です」

「なんだって？」

「井野原は、自分の行動に悪事など関係があるように見せないために、女を囲いました」

「そこで、悪巧みの会合をしていると？」

「はい。まさか日光与力がそんな悪事に加担しているとは、誰も思いません。女がいるところに出入りしていると見せかけていたら、誰も文句はいいません」

「その女とは？」

「……もちろん、お公という女です。なんでも縄暖簾で酔いつぶれているところを助けたのだとか」

「なんと、井野原斉太夫は鬼か蛇か……」

丈太郎は、こうなったら一刻も早くこんな場所から逃げよう、と進言するのだった。

「お多美ちゃん、よく我慢したものだ」

「仕方ありませんでした」

あぁ……と丈太郎は得心顔をする。

お多美がそこまで井野原につけ狙われたのは、お多美が兄の洋太郎を刺した真の下手人ではないかと気がついたのだと思う。

だから、それを手札として、お多美を自分のものにしたのだろう。

それだけでも、丈太郎からしてみると許される話ではない。あまつさえ、女を囲って、その家で悪事の相談を続けていたとは。

「不正を始めたのはいつ頃からですか」

「二年ほど前からです」

「二年もそんな暮らしをしていたのか……」

丈太郎は、お多美の悲しみをなんとか受け止めてやりたい。

これまでとはまったく違ったところへ連れて行きたい。

それには、まずは井野原たちの悪事を暴かなければいけないだろう。そうすることで、お多美は晴れて丈太郎と一緒に、この町を出ることができるのだ。

「お多美ちゃん……」

二人は涙まじりの顔で、抱き合う。

「丈太郎さん……私たち一緒になれるでしょうか？」

「もちろんだ」

「私は、この二年の間、地獄のなかで暮らしていました。だからあまり楽しい話を考えることができなくなっているのです」

「可哀想に。もう心配はいらない」

「本当に、ここから抜け出すことができますか？」

「まかせておいてほしい。そのために戻って来たのだから。奴らの悪事を暴く、それから日光を出てしまおう」

「はい……」

ようやく、お多美の顔に赤みが差してきた。

この先、なんとか丈太郎と一緒にいることができそうだ、と思い始めたのだろう。

「一緒に、逃げて……それから？」

「あぁ、どこかに家を持とう」

「一軒家ね。長屋はもう嫌ですから……」

組屋敷に暮らしていると、周りの声が聞こえてくる。どんなふうに自分たちが見られているのか、その噂を聞かされながら暮らしてきたのだ。そんな周りの目を気にする生活をしたくないのは、よくわかる。

「あぁ、一軒家だ」

「野っ原でもいいわ……」

「そうだな、野っ原のなかに、大きな家を建てよう」

「丈太郎さん、家なんか建てられないでしょう」

「なに、その気になったらなんとかなるものさ」

「お百姓さんをやるのですか？」

「ううむ。それはどうかなぁ。どうするか……」

そのとき、自分を騙した馬子の女の子の顔が浮かんだ。

「そうだ、馬子でもやるか」

「……馬子唄が聞こえてきたら、迎えに出るわ」

「子どもは、いっぱい作るんだ」

「大勢の子どもたちに囲まれて、楽しく暮らせるのね……」

「もちろんだ」

ふたりは、歓喜のなかでお互いの体をしっかりと抱きとめていた。

第五章　華厳《けごん》の刃

一

千太郎たちが泊まっている旅籠に、ひとりの男が訪ねて来た。

女中が名前を訊いたら、丈太郎と答えたという。

「丈太郎だって？」

丹治が驚きの声を上げた。

この旅籠は、丹治が斡旋して泊まっているのである。宇都宮藩がいつも使っているのだという。

だから、本来なら大戸が締まる刻限の後に帰って来ても、なかに入れてくれる。いろいろ便宜を図《はか》ってくれているのだ。

「村雨丈太郎ですよ」

丹治が、匕首を懐に呑んだ。

「なにをするつもりだ」

「殴り込みかもしれませんぜ」

「まさか、そんなことをされる覚えはない。お前ならあるかもしれんがな」

「そんなことはありません」

弥市と丹治が言い合っているところに、

「お邪魔いたします」

丈太郎の声が部屋の外から聞こえてきた。

千太郎と由布姫は一部屋ずつもらい、弥市と丹治は同部屋だった。

丈太郎の声が聞こえたのは、千太郎の部屋だ。つい四半刻前から、井野原たちを捕縛する算段をしていたのである。

「こちらに、江戸から来ている千太郎さんというお方が……あ！」

障子戸を開いた正面に、千太郎が座っていたので、丈太郎は思わずその場に座り込んだ。由布姫もそばにいるので、目を左右に振りながら、

「いつぞやは、ひとかたならぬお世話になりました」

「あぁ……どうしたのだ」

「できましたら……」

人払いをしてくれ、という目をする。

「なに、心配はいらぬ」

「ですが」

「この者たちは、猿回しの猿のような存在だから、心配はいらぬ」

「猿回し！」

叫んだのは、弥市である。

「いろんなことをいわれてきましたが、猿回しの猿とはこれいかに」

いつものように口を尖らせて、不服そうな顔をする。丹治はやっと千太郎の言動に慣れてきたのか、

「あまり、違いはありませんや」

達観したような言葉を吐いた。

「やかましい。新参者《しんざんもの》は黙っていろ！」

へへへ、と頭を抱えたり、額を叩いたりしながら、丹治は部屋から出て行こうとする。

「おや、こちらは宇都宮の丹治兄ぃですね」

「な、なんだって？」

驚きの声で、丹治は丈太郎の顔をじっと見つめた。

その顔は、どこか疲労の色で包まれている。三年も逃げ回ったのだからそれも無理からぬことだとは思うのだが、それにしても顔色が悪いのだ。

自分の正体がばれている事実より、丹治は丈太郎の顔色の悪さが気になった。

「どうした、その顔は」

「へぇ……」

答えていいものかどうかと、迷い顔をしていたが、

「じつは……お多美さんが誘拐されました」

「なんだと！」

ご用聞き、弥市の反応は早い。

誘拐と聞いてじっとしているわけにはいかねぇ、という顔つきだ。

「誘拐って本当か」

「へえ、間違いありません」

丈太郎は懐から巾着を取り出し、そのなかから紙片をつまみ上げた。

「こんなものが来たんです」

「どこにだ」

「あっしが泊まっている旅籠です」

「どこの旅籠だ」

「ここから少し、坂道を下ったところにある、早良屋《さがらや》という宿です」

「あぁ、神橋からちょっとこちらに進んだところだな」

「へぇ……」

そのやり取りを聞いていた千太郎が、その文を、と声をかけた。丈太郎は、いままでのお多美との間に起きた話をしようとした。

「知っておる」

千太郎はあっさり答えた。

「おぬしがどんな素性の者かも、この猿回しから聞いておるぞ」

「は、はぁ」

「とうとう、猿になってしまったぜ」

丹治は、嫌そうな顔をするが、それ以上不服はいわない。そんなことより、丈太郎が目の前に現れたことで、気持ちが落ち着かなくなっているのだ。

「どうして、ここがわかったのだ」

「千太郎さんと雪さんのふたり組は、目立ちますからね、人づてに聞いて来るだけでここに辿り着くことができました」

「そうか……では、しょうがないな。目立ってはいかぬのだがなぁ。どうして誘拐なされたのだ。なにか心当たりはあるのか」

「へぇ……まぁ。ちょいとあるような、ないような」

「弥市みたいな言い方はするな」

「はい？」

「こちらの話だ。続けろ」

「へぇ、じつは……」

　丈太郎は、一昨日、お多美と逢ったと白状する。

「そこで、ここから逃げようという話をしたんです」

「それを誰かが聞いていたとでも？」

「いえ、それはねぇと思います。おそらくは井野原……あ、この男は……」

「知っておる。裏で悪事を企んでいるのも聞いておる」

「なるほど、そちらの宇都宮の兄ぃが、話をしたんですね。いい人に手を借りているものだ」

丹治は、そこではっと息を呑む。

正体がばれていることを思い出したのだ。

「おそらくは、井野原や石元は、自分たちの隠れ家がばれたことに気がついたのだと思います」

「ははぁ……」

由布姫がお公を訪ねて行った。

それをお公は、井野原に伝えたのだろう。そして、お多美が関わっていると勘ぐった。

「だから、誘拐したんですかい？　そんな面倒なことをしたほうが、自分たちの悪事が表に出てしまうんじゃねぇですかねぇ」

「ほかに、なにか目的があるのかもしれんぞ」

「なんです、それは」

「そこまでは、わからん。千里眼ではないからなぁ」

「おや、違ったんですかい」

千太郎は、薄笑いしながら、

「それだったら、こんなところで苦労はしておらぬわ」

「ごもっとも」

「それはそうと……」

弥市は、千太郎の顔を見ながら、

「あのぉ……やることがほかにもあったと思うんですが？」

「……あぁ、それはまぁ、あれだ、なんとかやっておるから親分は心配しなくてもよいのだ」

「さいですかい」

おそらくは、密偵としてこの町に来たのではないか、といいたいだろう。

だが、千太郎が仕事をしているようには、見えない。由布姫にしても、同じだ。そんなことで、いいのか、と弥市は問うているのだが、千太郎はまったく気にしていないふうである。

「まぁ、ぼちぼちやればよい」

「それならそれでいいんですがねぇ」

弥市は、由布姫の顔を見てから、ため息をつくと、

「それじゃぁ、この丈太郎さんの件をやっつけますかい？」

ふむ、と千太郎は答えてから、由布姫に目を送った。

「じつはな……」

すぐ、丈太郎に目を戻す。

「はい、なんでしょう」

「この雪さんがお公という女と逢ったのだ」

「えぇ！」

「お公は、井野原の囲い者だというではないか」

はい、と丈太郎は頷いてから、

「それだけではありません、お公の家は悪事の巣になっているんです。で、雪さん、お公という女に逢って、どんな話をしてきたんです？」

由布姫は、丈太郎の質問にどう答えようかと迷っている。逢って話をしたといっても、それほど深い会話をしたわけではない。だが、ひとつだけわかったことは、確かにその家には、宇都宮藩の者が出入りしているということだ。

「その証拠となるかどうかわかりませんが、日光彫の文箱が置かれていました。それもかなり高額な品物に見えましたねぇ」

「このあたりでは、みんな持っていますが……まぁ、それもひとつの目星にはなるかもしれません」

「そんなことより、脅迫状には、何が書かれているんです？」

丹治が、さっきからイライラしている。

「そうだ、それだ」

千太郎は、手に持っていた紙片を広げて、読みだした。

「なに、なに……明日の明け六つ、華厳まで来い。さもないとお多美の命はないと思え……」

「明日の明け六つ……」

二

「丈太郎、お前はこれを読んだのか」

「へぇ……」

「それにしても、気になることがあるのだが」

「なんでしょう」

「どうして、お多美は連れて行かれたのだ？」

「それは……」

「さっき、逃げようと話しをしていたとは聞いた。だが、それについて井野原が知っているとは思えない。それに、お公が雪さんが来た、と井野原に教えたとしても、だからといって、お多美さんを誘拐する必要が果たしてあるのか？」

「そういわれますと、確かに……」

「ほかに目的があるのではないか？」

「といいますと？」

弥市が、口を挟んで訊いた。

千太郎は、腕を組んで思案する。

「そうだな……」

誰も口を開かないと、静かな部屋のなかだ。

ここは、森のなかと異なり、鳥の声も聞こえてはこない。

ときどき、物売りが歩いている様子がわかるだけだ。

静かだが、全員の心は乱れている。どうしてお多美が誘拐されたのか、それにはまだ裏があるという千太郎の言葉が、気にかかる。

「旦那……」

弥市が、目星はついているのか、という目をした。

それでも、千太郎は暫《しばら》くじっとだまったままでいたのだが、

「丈太郎……お前はたしか丹治の話では匕首を持っているということであったが？

それはまだ持っているのか」

「へぇ……ここに……」

お多美がそんなものは捨ててくれといったが、丈太郎は、持ったままだった。

「これには、どんな因縁があるのだ」

「さぁ、因縁というほどのことかどうかわかりませんが……」

丈太郎は、この匕首がお多美の兄、洋太郎が刺された得物《えもの》だ、と答える。

「その洋太郎が刺されたところを誰か、見ていたのかな？」

「いえ、誰も……。小者の富造や井野原の手下で三吉という岡っ引きが近所を探索しても、誰も逃げた者はいなかったという話です」

「お前は見てないのか」

「そのときは、日光のお山を歩いていました」

「なるほど……」

「それがなにか？」

「いや、まだわからぬが……おそらくは、この匕首を持って来いという謎かもしれぬぞ」

「どうしてです？」

「お多美を誘拐する理由がわからぬからだ」

「自分の妻がほかの男とよそに逃げようとしているんですから、それを阻止しようとしてもおかしくはありません」

丹治が丈太郎を見つめる。

その目には、どこか蔑《さげす》みの意味が含まれていたが、丈太郎は毅然として、

「もともとは、井野原が横紙破りをしたのです」

「そうかもしれねぇなぁ」

弥市が、丈太郎の返答に頷いた。

丈太郎は、洋太郎が刺されたところは見ていない。

お多美は最初、丈太郎が刺したといっていた、と告げる。

そこまでは、丹治から聞いた話と矛盾はない。

「なんとか、お多美の父親に話を聞こうと思ったんですがねぇ」

「どうしたのだ？」

「その場にいたと思えるんですが、息子が刺されて殺されてしまったと知って、衝撃を受けたとかで、寝込んで顔を見ることができませんでした。なにか知っているかもしれません……」

丈太郎は、いまではお多美が関与していたと思っている。

だが、そこまで話をするわけにはいかない。

「なるほど……なるほど……」

千太郎は、丈太郎の言葉ににやりと笑みを浮かべて、

「わかったぞ。丈太郎。お前はお多美さんが殺したのだ、と思っているな？」

「あ、いえ、それは」

「隠すな。その顔に書いてある」

また、静かな部屋に戻った。

刻限は、午《うま》の刻を少し回ったところだ。

江戸よりも春の遅いこのあたりでは、まだ太陽の光は、それほど強くはない。

かすかに開けられている二階の窓からは、冷たい風が入り込んでいる。

「閉めましょうか」

由布姫が、戸を閉めるために立ち上がった。

それをじっと見ていた千太郎は、ちょっと待てよ、と呟いた。

「え？　開けておいていいのですか？」

戸を閉めようとした由布姫が、手を止めた。

「いやいや、そうではない。問題が見えたような気がする」

「なんです、それは？」

弥市が、期待の目を向けた。

十手を持っていたら、振りながら先を急がせたことだろう。

「洋太郎を刺した下手人がわかった」

「お多美ではねぇんですかい？」

「違う……」

その言葉に、丈太郎はあっと叫んだ。

「違うとは？　お多美が刺したんじゃないと？」

「違うな。丈太郎。最初はお前がやったのだ、といわれたそうだが」

「へぇ、ですがすぐ撤回しました」

「そのとき、お多美はどんな様子だった」

「動転していましたから、そんな嘘をついたのだ、と」

「それはおかしいではないか。いくら動転していたとしても、恋仲になっている男を殺しの下手人にするなど、間尺に合わぬ」

「ですが、そういいました」

丈太郎は、お多美が下手人ではないのなら、それにこしたことはない、と呟く。

「ですが、ほかに誰がやったというのです？」

「父親だ」

「えぇ？　為治郎さんが？」

「為治郎というのか、父親は」

「へぇ……」

「よいか、よく聞け」

千太郎は、丈太郎だけではなく弥市、丹治、そして由布姫を見回してから、

「兄の洋太郎を刺した場面を見ている者は誰もいない。そして、逃げた姿も見られてはいない。そうだな？」

はい、と丈太郎が頷いた。

「お多美は、丈太郎がやったと一度証言して、それからその言を撤回した。それはな

ぜだ、どうして丈太郎がやったなどと答えたのか……」

全員が次の言葉を待っている。

「自分がやったのだとしたら、丈太郎に罪を着せるようなことはしないはずだ。もし、そうだとしたら、それらしくわかるように伝えるのではないか、どうだ、丈太郎。お多美ならどうする？」

「……そういわれてみたら、そんな気もします……」

「そうであろう。だとしたら、誰かをかばっていると考えるほうが、一番平仄《ひょうそく》が合うのではないか？」

「かばったのは、父親？」

由布姫が呟いた。

その声には、驚きが含まれている。

それまで、父親に関して言及した者は誰もいなかった。それが不思議といえば不思議なことだ。

「父親は洋太郎が刺されたことを知って、寝込んでしまったという。それで間違いないか丈太郎」

「へぇ、そのとおりです」

「だが、それは違ったのだ」

「どう違うんです？」

「そのとき、寝込んでいたのではない。お多美が隠したのだ。父親がやったとばれたら困ると思ったからだろう」

「なるほど、それで外に出て来なかったのですか」

丈太郎は、そういわれてみたら納得できる、と答えた。

「では、お多美は父親がやったのを見ていて、それを隠すために丈太郎さんにも、井野原たちにも、隠したというわけですかい」

「そうに違いない」

部屋の温度がまた下がったような気がした。

「丈太郎は、匕首には洋太郎の刻印があったといった。としたらそれは普段、使っていたものだろう。どうして匕首などを持っていたのか、それも疑問だ。洋太郎というのは、どんな仕事をしていたのだ？」

「それは、店を切り盛りしていたという話ですが」

「父親とは確執《かくしつ》はなかったのか」

「さぁ、それについてはお多美から聞いたことはありませんねぇ」

丈太郎は、顔を天井に向けて、思い出すような仕草をするが、

「洋太郎さんのことは詳しく聞いたことはありません。でも、兄妹の仲は良かったと思います」

「ふむ……」

「父親との仲もよかった……」

最後のことばは消え入りそうだった。

丈太郎は、まずはお多美が殺したのではない、とわかって安心している。

三

明日の明け六つまでに、なにかやることはないか、と丹治が訊いた。

丹治の役目は、丈太郎の件もあるが、本当は井野原と石元のふたりが不正を働いている証拠を固めることだ。

いまの会話のなかからは、まだはっきりとした不正の証を見つけることはできない。わかったのは、丈太郎はお多美の兄殺しには関わっていない、ということだ。

しかも、本当の下手人は、どうやら父親らしいと知ることができた。

おそらくは、千太郎の推量どおりだろう。

丹治は、お多美がお公の家に出入りしていることは知っている。

井野原に頼まれて、なにか証拠になるようなものを運んでいたと考えることができるのではないか。

——その証拠品を押収してやろう。

ひそかに丹治は心に決めていた。

誰かにばれたらひとりでそんな無謀なことはやめろ、と言われるのが落ちだろう。

だが、自分は宇都宮藩の存亡を抱えている。

千太郎たちに手伝ってもらったら、簡単かもしれない。

——それでは、俺の意地が立たねぇ。

内心、そう思っていた。

馬鹿な野郎だ、といわれるかもしれない。

弥市は、どうやら江戸の岡っ引きだ。手伝ってもらったほうが、早いし、うまく目算は大きい。

だが、それでもあえて自分ひとりで手柄を立てたい。

剣術の力があるわけではない。

知恵があるわけではない。

丹治がもともとこの仕事を引き受けることになったのは、出世をしたいからでも、手柄を立てて名前を売ろうとしたわけでもなかった。

生きている証がほしかったのだ——。

家柄がいいわけではない。

宇都宮藩で働いているとはいえ、武士ではない。

三男坊である。

弥市とじゃれあうことができたのも、自分が侍ではないいく町民の遊び人だからだろう。

武士になりたい、と思ったこともあった。

だが、それには手柄が必要だろう、と思っていたところに、今度の密偵の話が持ち込まれた。

以前から、下働きをしていたが、今度のように大きな話は初めてだ。

そして、千太郎、雪、弥市の三人に出会った。

町人のほうが、侍などより人情味がある、と思っていた。

だが……。

千太郎というあの武士は違った。

身分がありそうな雰囲気だが、それを売りにはしていない。

一緒にいる雪という娘は、武家娘だろう。

武家で暮らしていなければわからない匂いのようなものがあったから、気がついたのだ。

あのふたりを見ていて、自分の情けなさがどんどん膨らんでしまった。

「なんとか、自分の力を試してみたい」

あのふたりに近づいたのは、なにやら不思議な力のようなものを感じたからだった。

井野原と石元たちの悪事を暴くには、いい助けになると思ったからだった。

その思惑はある程度、成功した。

井野原と石元がお公の家で、なにやら計画を練っている、あるいは帳簿を持って突き合わせをしているということを、丈太郎から聞かされた。

いずれにしても、すべては周りの連中が調べをつけてくれた事実である。

己はなにをしていたのか？

最初から、あのふたりを利用してやろうとは思っていたのだから、それはそれでいいのではないか、と最初は楽観していた。

しかし……。

自分の力を試してみたくなったのだ。

どうしてそんな気持ちになってしまったのか、自分でもはっきりしない。

あのふたりの爽やかさに触れてそんな気持ちになったのかもしれない。

感謝せねばならない、と丹治は呟く。

そうでなければ、あのまま他人の手柄を自分のものにしてしまうというとんでもない馬鹿野郎になっていたことだろう。

弥市は丹治のことを馬鹿丹と呼んだ。

最初は気にもしなかったが、そのうち、本当にただの馬鹿に成り下がってしまいそうだ、と気がついた。

丈太郎は、三年潜って日光に戻って来た。

そして、己の真を追及して、ついにお多美と逃げようとまでになった。

お多美が誘拐されていなければ、あの話のとおり、この町からふたりで消えていたことだろう。

「それに比べて己はなんだ」

自分に問うてみた。

「俺は大馬鹿野郎だ」

自分で自分を罵倒することも、馬鹿だろう。

そこで、丹治は心を決めた。

「どうせなら、本当の馬鹿になってやる」

ひとりで、お公の家に忍び込むのは、馬鹿だろうか？

おそらく、あそこには明日の用意のために、井野原や石元だけではなく、手下たちも集まっているのではないか。

何人集まっているかそれはわからない。

だが、連中はすべて藩から見たら敵である。

そこに忍び込んで、うまいこと捕縛できたら、少なくても井野原、あるいは石元を斬ることができたら……。

敵は大勢いるだろう。

それなら、ますます都合がいい。

奇襲攻撃で、ぶっつぶしてやる。

飛魚の丹治さんのお出ましだぜ……。

丹治は、その気持ちに酔っていた。

自分の考えは、一番だと酔っていた。

冷静に考えてみたらひとりで押し込むなど、無謀以外のなにものでもない。

ちょっと考えたら、すぐわかることだ。

「俺は、馬鹿だけど、勇者じゃないけど……くそ度胸だけはあるぜ」

その言葉に酔っていた。


夜になった。

千太郎たちは、明日に備えて早く寝ておこう、といった。

その言葉に乗ったようなふりをして、皆と別れた。

千太郎だけが、こちらを見ていた。

あの人の目に見つめられると、なんともいえない気持ちになってしまう。嘘をつけなくなるような、その瞳のなかに引き込まれてしまいそうな、そんな不思議な感覚になってしまう。

そのまま見ていたら、こちらの考えを読まれてしまいそうで、

「あっしは、ここで……」

「どこに行くのだ」

「へぇ、ちと藩の者と約束がありますから」

「ここに呼べばいいではないか」

「へへ、旦那、こっちにもいろいろ都合がありましてね」

そういって、逃げた。

話をしていると、ばれてしまいそうだった。

だが、おそらくは気がつかれてはいないだろう。まさかひとりで殴り込みのような真似をするとは思っていないはずだ。

しんしんと夜は冷えている。

亥《い》の下刻を回ったところである。

川の流れが聞こえてくるのは、大谷川だろうか？

こんな刻限に外を歩くことなどないから、ちょっとした音でも気になる。

武者震いが出た。

こんな不安な気持ちになるとは思わなかった。

もっと、平静でいられると思っていたのだが、まったく違った。

人はこんな深夜を歩くと、気持ちが萎《な》えるのかもしれない。

負けてたまるか……。

俺は飛魚の丹治だ……。
根拠のない自信を奮《ふる》い起こした。
ときどき、なにか動物が鳴いているのか、おかしな音も聞こえてくる。
夜でもこんなに音がするとは思わなかった。
お公の家は、街道から少しはずれたところにある。
人通りはもちろんない。
犬一匹、歩いてはいない。
常夜灯の明かりはあっても、あまり役には立っていない。
足がかすかに震えている。
すうっと足元をなにかが掠《かす》めていった。
げ……。
よく見ると猫のようだった。
猫め、こんなときに驚かせるな……。
だから猫は嫌いなのだ。
理不尽なことをいいながら、丹治は家の前に立った。
夜の雲が流れて行くためか、月の明かりがときどき影を作る。今日は、満月ではないがけっこう明るいのだった。

外が明るかろうが、暗かろうがそんなことはどうでもいい。

問題は、家のなかにどうやって入るかだった。

一軒家といっても、中庭があるような大きな家ではない。外から見たところ、部屋数もせいぜい、三間《ま》ある程度だろう。

どうやって、なかに忍び込むか……。

家の前で思案をする。

ここに来る前に、そんなことは考えておかないといけないのだろう。それをしないから、弥市から馬鹿丹と呼ばれるのだ。

いまさら、後悔しても始まらない。

とにかく、忍び込んで証拠の品でも見つけてやる。

あわよくば、井野原たちがいたら、捕縛してやる。

できれば、女だけでいてくれ……。

最後は、拝んでしまった。

起こして押し入ろうと思ったが、そんなことをしては意味がない。

盗人になってやろうか。

証拠の品を盗み出すには、忍び入るのが一番のような気がした。

しかし、盗人の真似事などしたことはないのだ。

四

そこで、屋根を見上げてみた。

そういえば、屋根から天井に入り込んで忍び込むことができる、と聞いたことがある。それならなんとかなるか？

周りに塀はない。

垣根がぐるりと回っているだけである。どうやって屋根まで上がって行くか周囲を見回してみた。

家の前に、松の木が植わっている。

それを伝わったら屋根に登ることができそうだった。

「よし……思い切ってやってみるか」

この際だ少々危険を冒すのは、承知の上だ。

松の木を登るにも、足場がないと困る。

提灯など持っていないから、周囲を照らす明かりもない。なんとか月が雲から出てきて、周りを見ることができた。

松の木のそばに、小さな石があった。

――よし、この石を利用するぞ。

つい、独り言が出てしまう。

誰かに聞かれたら困ると思ったが、こんな刻限に、家のなかの者が起きているとは考えられない。独り言が聞こえることはないだろう。

首尾よく石から松の木の枝に飛び移ることができた。

それでもまだ難関は残っている。

松の木から屋根には、一間《けん》くらいの間が空いているのだ。

飛び移れるか……。

そうだ、俺は飛魚だ。

自分に言い聞かせる。

そうやって、自信を取り戻すしかないのだ。

どこからか赤ん坊の泣き声が聞こえてきた。
それだけでもぎょっとして、体が硬くなる。
そんな臆病なことでどうする、と己に言い聞かせながら、
「えい！」
松の木から屋根に向かって飛び出した。
なんとか移ることができた。
よし、これで成功間違いなしだ。
勝手にそう決めつけた。そのくらい思ってもばちは当たらないだろう。
「ここからがまた難関だな」
屋根瓦を外さないといけない。
いや待てよ……。
丹治は、屋根から下を見た。そこには濡れ縁が見えている。
そうだ、雨戸が閉まっているからそれを外せば難なく忍び込むことはできるだろう。
そう決めたら、気持ちが楽になった。
屋根から、飛び降りるのは危険すぎる。
松の木から、細い枝が下に伸びている。それを伝わって降りることができそうだっ

た。なにやら軽業師になった気分だ。
かすかに掛け声をかけて、庭というには狭いが地面に降りることができた。
これでよし……。
自分に言い聞かせないと、途中で心が萎えてしまいそうだった。
濡れ縁に上がり、雨戸をはずそうとした。
なかなか外れない。
こんなとき忍者は、水とか油を敷いて引くという話を思い出した。
だが、手元に水も油もない。
そこで、唾を手にいっぱいつけて、それを雨戸の下に塗りたくった。
汚ねぇなぁ……。
ひとりごとが出てしまう。
ようやく、雨戸を外すことができた。
だが、うまくいったのはそこまでだった。
「誰だ」
男の声が聞こえたのである。
雨戸を外したことで、部屋のなかに一気に外の冷たい空気が入り込み、目が覚めてしまったらしい。

「しまった……」

誤算が起きて、丹治は慌ててしまった。

「誰だ！」

誰何《すいか》の声が前より高くなった。

思わず、丹治は逃げ道を探す。庭から外に逃げる算段をしたのだが、それに見合ったような場所はない。

「困ったぞ……」

忍び込んだ目的も忘れて、逃げることだけ考える。

ガタンと音がして、男の影が見えた。

「誰だ、物取りか」

声を出さずに、体を縮こませて、ばれないようにする。声は聞いたことがある。井野原に間違いない。

やがて、女の声が聞こえた。これはお公だろう。

ということはふたりだけなのだろうか。

気配を探ってみたが、ふたり以外の声や足音は聞こえてこない。井野原ひとりなら、捨て身で戦えば、勝てるかもしれない。

やがて、井野原らしき男は、濡れ縁から地面に降りて来た。

後ろから提灯の明かりが照らされた。

お公が提灯を持って来て、地面を照らしている。

「お前は……」

顔を隠しているが、井野原には正体がわかったらしい。

「お前は、宇都宮藩の者だな？」

丹治は答えない。

「なにをしておるのだ、と訊いても答えるわけはないか……」

月明かりはまた落ちたが、提灯が丹治の顔を照らし出している。

「いい度胸だと褒めておこうか」

「…………」

丹治は、答えようがない。

ぎらりと提灯の光のなかに、刃が見えた。

「死んでもらうしかないな」

「ま、待て……」

やっと声が出た。命乞いをする姿を見せておいて、反撃しようと考えたのだ。

だが、敵は井野原である。

「そんな格好をして、傍に行ったら斬りつけようというのだろう。そんな策には乗らぬわ」

あっさりと見破られてしまった。

ここまで来たら仕方がない。

「井野原、神妙に縛《ばく》につけ！」

思いっ切り体を起こして、叫んだ。精一杯の芝居っ気だった。

匕首を体の前に差し出して、できるだけ提灯の明かりに映えるように工夫した。

だが、井野原はまったく意に介さない。

「なにぃ？　なんの寝言だそれは？」

深夜に笑い声が響く。

心底から楽しんでいるような笑い声である。

「馬鹿な奴が宇都宮藩にはいると聞いていたが、お前のことだったのか」

「石元がそんなことをいったのだな？」

「ほう、石元さんを知っているとしたら……」

そこで、井野原は提灯を女から取って、丹治の顔がもっとよく見えるように動かした。

「やはり、そうか」

「なんだと?」

「馬鹿は死んでも治らんぞ」

「やかましい、あちこちで人のことを馬鹿馬鹿いいやがって」

「ほう、私以外にも馬鹿という者がいたのか」

「よけいなお世話だ」

「まぁよいわ。ひとりでここに潜り込もうとした勇気は褒めてやろう。もっとも、無駄な勇気だがな」

刀を抜いて、井野原は数歩、近づいた。

「さぁ、抜け……といっても刀は持っておらぬか」

「匕首がある!」

「そんなもので、私と勝負しようというのか」

「やかましい!」

「私は、神道無念流《しんとうむねんりゅう》、免許皆伝《めんきょかいでん》だがやるか?」

「勝負は時の運だ！」

「わっははは」

月に向かって犬が遠吠えをするような声だった。

「えい！」

いきなり、刃が丹治の肩を斬りつけた。

「う……」

痛すぎて声も出ない。

「いまは、急所をはずしてやったから心配するな」

「それはありがてぇぜ」

「だがな、急所をはずしたほうが死を迎えるまで、大変なのだぞ。一気に死に至ることがないからなぁ」

また大きな笑い声が響く。

「お前は、人を虐めて楽しむ下司《げす》野郎だな」

「そうかもなぁ」

そういって、また刃を一閃した。

今度は、膝下を斬りつけられていた。

「これで、歩くことはできぬ。もっともここで生きて帰ることができたらの話だが」

「心配してくれてありがてぇぜ」

「威勢だけはいいらしいが、遊びはこのくらいで終わりだ！」

井野原の刀が夜空に持ち上がった。

それが下に降りたら、丹治の命はそれで終わってしまうだろう。さすがに丹治も体を丸めて、覚悟を決めた。

「くそ……てめぇなんか、必ず捕まるからそう思え！」

「ふん、引かれ者の小唄はそこまでだ！」

丹治がなにかいおうとしたとき、刀が首に落ちてきた……。

五

翌日の朝。

明け六つより、まだ前のこと――。

千太郎が起きると、旅籠の使用人たちが騒いでいる声が聞こえた。

「いかがした？」

まだ、なんとなく寝ぼけ眼のままである。

千太郎の顔を見ると女中の顔が固まった。

「なにかあったのか？」

女が頷いて、ついてこいという。

朝はまだ、白白《しらじら》明け始める前である。

なんとなく霞がかったような天気であった。

「不吉な……」

千太郎は、女について歩きながらそうひとりごちた。なにか起きたのだろうという気がしたからだった。

「いま、知らせに行こうかどうか迷っていたところです」

女がいった。

「なぜだね？」

「あの、いつも来るお侍なのか、遊び人なのかわからぬ人がいましたね」

「……丹治のことか？」

「さぁ、お名前は知りませんが……」

「その者がどうしたのだ？」

ふと千太郎の心に不吉な思いが生まれた。

そういえば……。

昨日、別れ際に丹治の顔を見つめたら、なにやら心に決めたことがあるようだった。

一緒に華厳の滝まで行って、敵と戦う決心をしたのだろう、と思っていたのだが、丹治の身になにか異変があったのだろうか。

急に、胸騒ぎがわいてきた。

「ひょっとしたら……誰か死んだのか？」

「はい」

「それが丹治？」

「その人の名前だとしたらそうです」

「なんと！」

千太郎は天を仰いだ。

昨日のあの顔は、なにか自分たちに隠れて行動を起こそうという決心だったのか？

「こちらです」

旅籠の裏に連れて行かれた。

そこは、薪割りや風呂の薪などがまとめられている場所だった。

その端に、筵《むしろ》を被されている死体が転がっていた。

顔は隠れているので、まだ誰かはわからない。だが、千太郎は、すぐ気がついた。かけられている筵から足先が出ていたからだ。普段から足先など見ていたわけではないのだが、

「丹治だ!」

「丹治……」

ふらふらになりながら、筵のそばまで寄って行く。

筵を持ち上げると、そこには飛魚の丹治の体があった。

「首を斬られている」

それも、急所が狙われていた。

ほかにも傷があるが、これは急所を微妙に外している。

「これは並みの腕ではない……この死体はどうしたのだ」

「朝、いろいろ用意をするために起きたら、戸口の前に……」

「捨てられていたのか?」

「この筵の上に転がっていました」

ううううむ、と千太郎は唸る。

「許せん……」

丹治が勝手な行動を取ったのだろう。

おそらくは、井野原の妾の家に向かったのではないか。そこで、返り討ちにあってしまった、と考えるしかない。

そうでなければ、どうしてこんな変わり果てた姿になるものか。

千太郎は、すぐ連れたちを起こしてくれ、と頼んだ。由布姫たちもそろそろ起きる頃だ。

明け六つまでは、まだ一刻ある。

華厳の滝までは、半刻もあれば充分だ。だが、弥市は先に行って待ち伏せをしたほうがよくはないか、と進言していた。

千太郎にもその気持ちはあった。

「それはよいが、抜け駆けはいかぬぞ」

弥市ではなく、丈太郎にいった言葉だったのだが、丹治にいうべき言葉だったらしい。

「どうして、こんなことに」

知らせを受けてすぐ駆けつけてきた、由布姫が千太郎のとなりに立って呟いた。

「昨日、おかしな顔をしていたのだ」

「私もなんとなく、やる気を感じていたのですが……」

「まさか、ひとりで井野原のところに行ったとは」

「やはり、そうですか？」

「それ以外考えられぬ」

すぐ弥市が走り込んできた。息がはぁはぁと上がっている。

「旦那……なにがあったんです？」

「どうやら、井野原のところにひとりで乗り込んだらしい」

「なんてことを」

弥市は、丹治の顔に手を触れた。

「冷たい……」

死体を見るのは、慣れている。だが、いつもとは異なり冷静になれないのだ。

「死骸ってこんなに冷たいものでしたかねぇ」

顔から首まで手を移動させながら、

「なんでこんなことになってしまったんだ。やはりおめぇは馬鹿だったぜ。筋金入りの馬鹿だ……」

涙を流しながら、弥市は嗚咽《おえつ》を我慢している。

「くそ……こうなったら、弔《とむら》い合戦ですぜ」

「そうなってしまったな」

千太郎の声も沈んでいる。由布姫は、目に涙をためて、

「もっと早く気がついてあげるべきでした」

「そうだな」

千太郎も同調するが、

「旦那……雪さん。おふたりのせいじゃありませんぜ。これは、この馬鹿が勝手にやったことです。ですがあっしにも……」

ううう、と大きな声で泣きだした。

その声は、日光の山にも染み入りそうだった。

ひとしきり泣いた弥市は、キッと頭を上げて、

「旦那……行きましょう」

「いまは、何刻になる？」

弥市は、空を見上げていった。

「そろそろ、寅《とら》の下刻になるでしょう」

よし、と千太郎は答えてから、由布姫と弥市の顔を見つめる。

「用意をして行こうか……」

華厳の滝は勇壮に流れ落ちていた。

水源は中禅寺湖《ちゅうぜんじこ》の水だ。

水しぶきを上げて、落ちている。

どうどう、という音が怖いくらいだった。

「滝壺まで行きますかい？」

「まさか、それは危険だ」

「でも、そのくらいの場所で、待ち伏せをしたほうがいいんじゃありませんかねぇ」

「どうやって降りるのだ」

無理だ、と千太郎は苦笑する。

滝を見下ろしていると、足音が聞こえて来た。敵が集まって来る音ではない。

「丈太郎だな」

白装束である。

千太郎の前に足を止めて、

「お待ちしてました」

丈太郎は、千太郎に頭を下げ、それから由布姫に下げ、最後に弥市に下げた。

「早くから来ていたのかい」

弥市の問いに、丈太郎は頷いて、

「暗い間は無理なので、空が明け始める頃から。六つになる前から空は明けていますからね。この近辺を探っていました。どこで戦うのが一番かと」

足場を固めることで、有利に戦うことができる。

先に地勢を見ておくことは、戦いの鉄則だ。

秋だったら周囲は紅葉に変化していて、目を楽しませてくれることだろう。

春になると、緑が美しいだろう。

だが、周囲の木々はまだ冬枯れの名残《なごり》に包まれたままだった。

遠くから、鹿の鳴き声らしき音が聞こえてくる。

滝を正面から見渡せる場所を選んで、千太郎たちは待った。

「丹治が死んだぜ」

弥市が、暗い声で丈太郎に伝えた。

「まさか？　どうして？」

「昨夜、井野原が囲っている女のところにひとりで殴り込みをかけたのだ」

「そんな馬鹿な」

「あいつはそういうことをやる、馬鹿なんだよ」

「知らなかったんですかい？」

千太郎も由布姫も、それには答えることができずにいる。苦悶の目つきを見て、丈太郎は静かに頭を下げた。

丹治がどうしてそんな無謀な行動に出たのか、自分もなんとなくわかるような気がする、と呟いた。

「おそらくは、みんなにすごいと思ってもらいたかったんです」

「くだらねぇ」

「なんとか、みんなの役に立ちたい、そうしないと自分の居場所がないような、そんな気持ちになっていたんじゃありませんかねぇ」

「そうかもな。あまりにも馬鹿馬鹿いいすぎたんだ。俺のせいだ」

「違いますよ」

今度は、弥市が丈太郎に慰められる番だった。

六

来た……。

がさがさと草をかき分ける音が聞こえた。

ひとりやふたりの足音ではなかった。

「大勢で来やがったぜ」

今日の弥市は、十手を持っている。荷物のなかから取り出していたのだ。

「喧嘩には、これがなくっちゃなぁ」

出掛け前、部屋で十手を取り出して、弥市は振り回していたのである。

「親分、喧嘩ではないぞ」

笑う千太郎に、弥市はへへへと答えた。

「丹治があんなことになったんです。これは捕物というよりは、仇討ちです」

意気込む弥市の気持ちに、千太郎はだまって頷いたのである。

「持って行っていいですかい？」

十手を、ぐいとしごいて訊いた。

「これで百人力だぜ」

にやりとする弥市だった。

「もちろんだ」

敵の姿はまだ見えない。

総勢何人なのか、それにより戦い方は変わってくる。といっても、こちらは四人だ、それを変えることはできない。

「十人以上も来たらどうします？」

「なに、それなら、ひとりでふたりを相手にしたら良い」

「それじゃ、八人です」

「残りは私と雪さんが倒す」

「そう簡単にいいますけどねぇ……まぁ、いいか。覚悟を決めたらそれまでだ。どれだけの人数がいても、命はひとつだからな」

最後は、弥市も覚悟を決めるしかなかった。

そのとき、丈太郎を呼ぶ声が聞こえてきた。

「あれは……お多美さんだ」

声のほうに全員が顔を向けた。

「お多美さん！」

縄を体に巻き付けられたお多美の姿が見えていた。

草の陰から井野原が見えている。

お多美の体を盾にして、こちらに向かって来るようである。井野原のとなりにいるのが、石元小右衛門だろう。小柄なわりには、腹が出ているように見えた。

「丈太郎！」

草むらから声が聞こえる。

相変わらず、こちらから見えるのは、お多美の体だけだった。その後ろに奴らは隠れているのだろうか。

「卑怯者！　顔を見せろ！」

丈太郎が叫んだ。

「やかましい！　人の妻を取るような男がなにをいう！」

「それはこっちの科白《せりふ》だ！」

やり取りを続けているうち、千太郎の姿が見えなくなった。弥市が由布姫の顔を見ると、

「あっちです……」

声を出さずに、口を開いただけで答えた。

指も差している。

見ると、千太郎が腰を屈めて敵の方向へ進んで行くところだった。

「あっしも続きます」

弥市も、腰を落として十手を腰に当てながら、千太郎の後に続いた。

「丈太郎さんは、続けてください」

由布姫の言葉に丈太郎は頷く。

敵の気持ちをこちらに向けておいたほうが、千太郎たちの動きもばれずに済む。

「お多美さんをこちらに渡せ！」

「お前の目はどこを見ている！　いまお多美は動くことはできんのだぞ！」

「そんなことは見えている」

「ならば、お前がこちらに来るんだ。話はそれからだ」

「なにが目的なのだ！」

「匕首を返してもらおう！」

「どうしてそんなに匕首にこだわる！」

「お前には関わりのないことだ」

そのとき、にょきりと敵の前で千太郎が立ち上がった。

突然のことだったせいか、井野原と石元は驚き顔で、

「なんだお前は」

素《す》っ頓狂《とんきょう》な声を上げる。

ときどき、瀑布《ばくふ》の水がここまで飛んでしぶきが体に当たりそうだ。もちろん、そこまで近くはないのだが、それほど滝には迫力があるのだった。

「どうでもいいが、お前はどこの誰だ。ときどき、日光の町で姿を見かけていたのだがなぁ」

「そうか、そうか」

「誰だ、お前は、名乗れ！」

「よし、では名乗ろうかな」

そういって、千太郎はおもむろに大きく息を吐いて、

「姓は、千、名は太郎、人呼んで目利きの千ちゃん」

「なにぃ？」

芝居がかった千太郎の態度に、井野原も石元も顔を見合わせる。

「なんだ、それは」

「知らぬのか？　江戸では名物になっているんだがなぁ。そうか、こっちまでは届いておらぬか。それは残念」

「なにをくだらぬことを」

「くだらぬのは、そっちのほうだろう。私利私欲のために、他人と恋仲の娘を奪うなど、犬畜生にも劣るものだ」

「やかましい！　やれ！」

草むらに手下たちが隠れていたらしい、数人がばらばらと千太郎の前に姿を現した。皆、たすき掛けである。

「なるほど……戦いの姿だけは勇ましいな」

見ると、みな侍というよりは、浪人や半端者の集まりのように見えた。それを隠すために、同じたすき掛けをさせていたらしい。

「こすっからいことをするものだ」

「なんだって？」

「いいから、かかってきなさい。これならひとりでも勝てそうだ」

「いいから、行け！」

井野原の掛け声で、敵が一斉に動いた。

数えると、六人いた。

そのうち、まともに剣術ができそうなのは、ふたりだけである。

「天下の宇都宮藩も落ちぶれたものだ」

「なんだって？」

答えたのは、石元らしい男だった。自分の藩の名前を馬鹿にされて、顔が真っ赤になっている。

「そうではないか。不正を働いていたことは明白であろう。それがばれそうになって、戦いに出て来たのはいいが、手下たちは皆よそ者ではないか」

「そんなことはどうでもいいのだ！」

石元が、刀を抜いて千太郎目掛けて、走り込んで来た。

「おっと、そんなことをしては危ないではないか」

「うるさい！」

「勘定方支配の言葉とも思えぬ」

千太郎は、かかってきた石元の体を、さぁっと避けて、

「ほれ！」

すれ違いざま、鳩尾《みぞおち》に当て身を食らわした。

「う……」

石元は、なにもせずにその場に崩れ落ちた。

「ほれほれ。こんなに腕が違うのだ。お前たちも怪我をせぬうちに、さっさと逃げたほうが身のためだぞ」

丈太郎が、井野原の前に立って刀を抜いて構えていた。

長脇差ではあるが、その青眼《せいがん》の構えはきちんと剣術の動きに則《のっと》っていた。

「ほう、なかなか出来るぞ」

井野原は後ろに逃げていく。丈太郎の腕を知っているらしい。自分だけでは勝てないと踏んだのだろうか。

「待て!」

追いかける丈太郎の前に、腕が立ちそうな浪人が立ちはだかった。

「俺が相手だ。新陰流《しんかげりゆう》、上州《じようしゆう》浪人、今坂長十郎《いまさかちようじゆうろう》……」

「……ただの丈太郎である」

ふん、と今坂と名乗った浪人は、青眼に構えた。

由布姫が寄って来て、大丈夫か、と問うが、千太郎は心配ない、と答えた。

「いい勝負になるだろう。もし、危なくなったら……」

助けてやれ、と目で由布姫に告げた。

由布姫は、はいと頷いた。


弥市は、お多美を縛った縄を持っている男の後ろに回っていた。

男の挙動は不審だった。おどおどしているのだ。

「なんだ、この野郎は」

このような戦いの場所に慣れていないらしい。だから、こんな役目をやらされているのかもしれない、と弥市はほくそ笑む。

「これなら簡単に助けることができそうだ」

呟きながら、後ろに回って、

「えい！」

男の脳天に十手を振り下ろした。

がつんという嫌な音がして、男はその場に崩れ落ちる。

「あなたは？」

不安そうな目つきで、お多美が弥市を見る。

「味方だから、心配ない。いま縄を解いてやる」

「すみません」

唇が薄紫に変色していた。寒かったのだろう。

「これを羽織るといい」

弥市は、着ていた綿入れの半纏《はんてん》を渡した。

そこに別の敵が襲って来た。

「なんだ、この野郎！」

ちんぴらのような男だった。持っているのは棍棒《こんぼう》である。刀ではないが、それで肩でも叩かれたら、骨が折れるかもしれない。頭でも叩かれたら、昏倒してしまうだろう。

打ちかかってきた男から、すうっと体をはずして、横っちょに逃げた。

それでも追いかけてくる男の体を蹴飛ばして、

「ばかたれ！」

倒れた男の、脳天に十手を振り下ろした。

ぐうといって、男はその場に倒れ込み、気絶している。

「ざまぁみろ」

そういってから、お多美を見て、

「早く、逃げなせぇ」

「丈太郎さんは？」

「井野原と戦っています。危なくなったら助けが入りますから心配なく。ここにいては、また捕まるかもしれねぇ。早く、どこかに隠れて！」

「はい、ありがとうございます」

お多美は、周囲を見回してから、

「あの木の陰にいます」

「よし、わかった。出て来るんじゃねぇぜ」

念を押してから、弥市は離れて行った。

七

丈太郎は、井野原と対峙《たいじ》している。

それを千太郎が、石元を警戒しながら見つめていた。おそらく、腕は互角ではないかと見える。

井野原は、丹治を斬った傷跡から見ても、かなりの使い手だ。だが、丈太郎もそれに負けぬほどの腕は持っていると思えた。

「なかなか、いい勝負になりそうだ……」

心のなかで、千太郎は呟いた。

どちらが勝っても負けても、不思議ではない。だが、丈太郎が負けてしまったら、お多美のためにはならない。いざとなったら、由布姫が助けるだろう。

「さて……」

息を吹き返した石元の紋所を見ると、四つ目結である。

「なるほど、おぬしがお公の家に出入りしていた侍だな？　団子屋のお近ちゃんがそういうておったぞ」

「なに？」

「いや、気にするな」

石元は、不思議な動物にでも会ったような目で千太郎を見た。

「おぬし……」

「いやいや、おぬしは、宇都宮藩の勘定方というたなぁ」

「どこぞで一度会ったかな？」

「そんな地位を利用して、問屋だけでなく職人まで虐めるとはとんでもない男であるなぁ」

「その顔、どこぞで会っておる……」

「井野原が親戚だったということで、そんな悪事を考えついたのかな?」

「その声も聞いたことがあるぞ……」

どこだったか、という顔で、じっと千太郎を見つめるが、

「思い出せん……」

石元は、首を傾げている。

そのとき、石元の後ろから髭面の男が出て来た。

「俺が相手だ」

「おや、今度は髭の化け物が出て来たか」

「なにぃ?」

「いやいや、気にするな」

「勝負せよ。武州《ぶしゅう》浪人、香取《かとり》神道流、駒草繁次郎《こまくさはんじろう》だ!」

「ほほう……」

「名乗れ!」

「おっと……」

千太郎は、さぁっと体を横にしてから、右に薙《な》いで斬りつける。それを、敵ははずして、今度は突きに出てきた。切っ先が、千太郎の胸先三寸前で止まる。

ごうごうという音が聞こえてくる。白い滝の水が千太郎の姿を一瞬、消えさせた。

「おや？　私のことを知っているらしい」

「ふん、人呼んで目利きの千ちゃん、といいたいのであろう」

「いや、それはあるぞ。姓は千、名は太郎」

「なに？　名前はないのか」

「いやだな」

千太郎は、後ろに滝を背負っている。

「住まいは江戸にあるからな」

「おや、それで」

「近頃、上野山下の片岡屋という店の目利きは、凄腕だという噂は聞いておる」

「それは、うれしいなぁ」

「脳天気な会話はここまでだ！」

駒草は、抜き打ちに斬りつけてきた。

「危ないではないか」

とぼけた科白《せりふ》とともに、千太郎は相手の切っ先を鎬《しのぎ》で払ってから、

「ほれ！」

腰に向けて、突き刺した。

それを逃げた駒草だったが、

「次はこれだ！」

千太郎の切っ先は、一度、右から左に動き、さらにまた戻った。その素早い動きに駒草の目がついていくことはできなかった。瞬間、腰を引いたが、

「遅い！」

千太郎の切っ先は、駒草の太腿に突き刺さっていた。

「急所ははずしてあるから、止血しておけ。命までは取らぬ」

「く……江戸の目利きなんぞに負けるとは思わなかった……」

「世の中にはなぁ、不思議なことがたくさんあるのだよ」

ざざざっと音が聞こえた。

石元が逃げて行く音だった。

「待て！」

草の間を縫って千太郎は追いかけ、手が届いたと同時に、石元の髷が落ちていた。

「わ……」

「石元小右衛門……」

「うう？」

唸りながら、斬られた髷を大事そうに手にとっていた石元が、顔を上げる。

「あ……あ、あなたさまは」

「それ以上いうでない。よいか、今度の件はしっかりと宇都宮藩主さまに連絡をするからそう思っておけ。腹を切れとはいわぬ。だが、それなりの償《つぐな》いはせねばならぬ。覚悟しておけ」

「は、ははぁ……」

石元は、その場に平伏するしかなかった。

すぐさま、千太郎は次の敵の前に体を異動させていた。そこでは、弥市が十手術を駆使して戦っていた。

相手は、ただの遊び人ふうである。

「これなら、助けはいらんな」

そういって、一歩さがって弥市を見つめる。

その声に反応したように、弥市は、

「えい！」

十手を一度前に突き出してから、体を引くと、そこから飛び上がった。

まさか、そんな手段を講じるとは思っていなかったのだろう、敵の若い顔をした男は、あっけにとられている。

「馬鹿野郎！」

呆けた顔をしている間に、弥市の十手が肩を打ち下ろした。


丈太郎は、井野原と対峙したまま、なかなか動けずにいた。

同じ程度の腕同士だとこのようなことがよく起きる。千太郎も由布姫も手出しはせずに、じっと見つめている。

残りの雑魚《ざこ》どもは、弥市が獅子奮迅《ししふんじん》の働きでひとりずつ倒している。人数の割には、手応えのない敵たちだった。侍ではないのだから、それも当然だった。おそらく、ここに来ている連中が、問屋たちの脅しなどを手伝っていたのだろう。

先に動いたのは、丈太郎だった。

「井野原斉太夫……死んでもらうぜ」

「うるさい！」

後ろに滝を背負っている白装束の丈太郎は、その白い水を利用しようと考えたらしい。

じりじりと動いて、滝と自分の姿が重なる位置についた。

井野原が、一瞬、目を細めた。

「そこだ！」

寸《すん》の間《ま》もおかず、丈太郎が飛んだ。

水しぶきとともに、丈太郎の体が天空を飛んだように見えた。

「う……」

丈太郎の足が天から地についたときには、井野原はがくりと膝を地面につけていた。

首筋から一筋の血が流れ落ちた。

ごうごうと流れる滝を背に負って立っている丈太郎の姿は、まるで仁王のようであった……。

結局、井野原は死に、石元は千太郎に斬られた髷を手にしたまま、逃げ帰って行った。ほかの雑魚《ざこ》は、弥市が本人の帯で体を縛りつけたまま役人を呼びに行った。

滝を後ろに、千太郎の前に丈太郎とお多美が平伏している。

「これからどうするんです？」

由布姫が優しく訊いた。

「はい、これからこの場所を離れようと思います」

「そういえば、為治郎はどうしたのだ？」

「はい、一年前になくなりました」

「そうか……で、洋太郎を刺したのは、為治郎であったのだな？」

その千太郎の言葉に、丈太郎は驚きの顔をしている。

「おそらく、父親をかばうために、丈太郎の名前を出した。だが、そんなことをしていいわけがない。そこで、後から証言を翻した。そうではないのか？」

「お見通しのようでございますね。そのとおりでした」

兄の洋太郎が、小間物屋をやめたいと言い出したのだという。

それだけではない。

「じつは……兄は井野原となにやらいつも密談をしていたのです」

「……ちと匕首を見せてほしい」

千太郎の言葉に、丈太郎が懐から匕首を取り出した。

受け取った千太郎は、柄の部分を力一杯引くと、そこから紙片が出て来た。

「これだ、井野原はこれがほしかったのだ……」

「なにが書かれているのです？」

由布姫の問いに、千太郎はにやりとして、

「井野原たちが誰と付き合っているか、その連判状のようなものだ。これがあれば、石元たちの名前に、どこの問屋が悪事に加担していたか、わかる」

「なるほど……」

弥市が頷く。

お多美が語り始めた。

「兄と父が組み合ってました。止めに入ったが、飛ばされてしまって、振り返ったら、父の為治郎が兄を刺していました」

目を伏せるお多美は、続ける。

「私は慌てて、父を奥の部屋に送り込んで、出て来るなといいました。そして、誰か他の人に刺されたように装ったのです。ですが、誰かが店から出て行った形跡はありません。すぐ、真実は公になると思ってしまい、つい……」

そういって、丈太郎の顔を見て顔を伏せた。

「そうでしたか……いや、それならよかった。私はお多美ちゃんがやったのかと誤解してました」

「…………」

千太郎は、井野原は死んだから、もう過去は忘れろと諭す。

「はい、馬子にでもなって馬子唄を歌いながら暮らしていきます」

丈太郎は、お多美の手を取った。

お多美は、嬉し涙を流している。

「さぁ、すぐここから消えろ。井野原を斬ったとあっては面倒なことになる。あの者を斬ったのは逃げた、と役人には伝えておく。そして、丈太郎は無実だということもな」

「しかし、そんな話を信じてもらえましょうか？」

「心配するな、私には力があるのだ」

「あのぉ……」

丈太郎は、じっと千太郎と由布姫に目を送り、

「おふたりは、どんなお人でしょう？」

「なに、私はただの目利きの千ちゃん、この雪さんはその妾、いや妻になる人だ、ただ、それだけだよ」

千太郎の大きな笑い声は、華厳の瀑布の音とともに、早朝の日光の山に消えていく。

丈太郎とお多美が姿を消してから、弥市が問う。

「あのぉ、密偵とはこの話だったのですか？」

「いや、そんなことはない」

「では、仕事はまだ終わっていねぇんですね」

「まぁ、半分は終わったと思って差し支えないだろうよ。こんなことが起きたら、警護は厳しくなる。おかしな連中はこの日光から逃げ出していくことだろう」

「へぇ」

どこまで本当のことなのか、弥市には判断がつかない。それでも、千太郎がいうのだから、間違いはないのだろうと、頷く。

「江戸に帰りますか？」

「もういいだろう。帰るとするか、なぁ、そこに隠れている甲野平四郎」

どこに隠れていたのか、大川橋で逢った平四郎が顔を見せて、こちらへ、と千太郎を連れて行く。

「どうしたのだ」

「はい、殿よりの伝言です」

「ふむ、いかがした」

「密偵仕事はもう終わっても良い、とのことです」

「なに？」

「松姫さまは、日光にはお寄りにならぬことになったというお達しです」

「なんだって？」

頓狂な顔をしたと思ったら、今度はがはっはと大笑い。

「そうか、なんだか狐に騙された気分だが、日光詣でができて、いや、これからだが

……まぁ、よしとするか」

滝の水音に千太郎の馬鹿笑いが重なっていた。

江戸では、そろそろ春も近いだろう。

だが、日光はまだ春遠き華厳の滝であった。

時代小説

二見時代小説文庫

華厳《けごん》の刃《やいば》　夜逃《よに》げ若殿《わかとの》　捕物噺《とりものばなし》13

著者　聖《ひじり》　龍人《りゅうと》

発行所　株式会社　二見書房
東京都千代田区三崎町二－一八－一一
電話　〇三－三五一五－二三一一［営業］
　　　〇三－三五一五－二三一三［編集］
振替　〇〇一七〇－四－二六三九

印刷　株式会社　堀内印刷所
製本　ナショナル製本協同組合

落丁・乱丁本はお取り替えいたします。
定価は、カバーに表示してあります。

 ISBN978－4－576－15024－6
http://www.futami.co.jp/